U0070321

胡適
作品選集

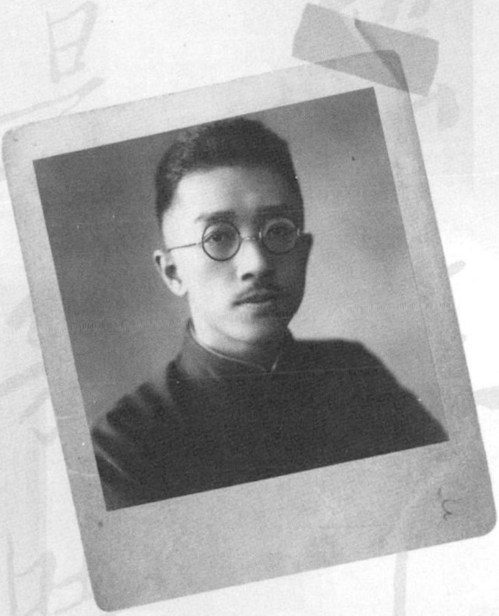

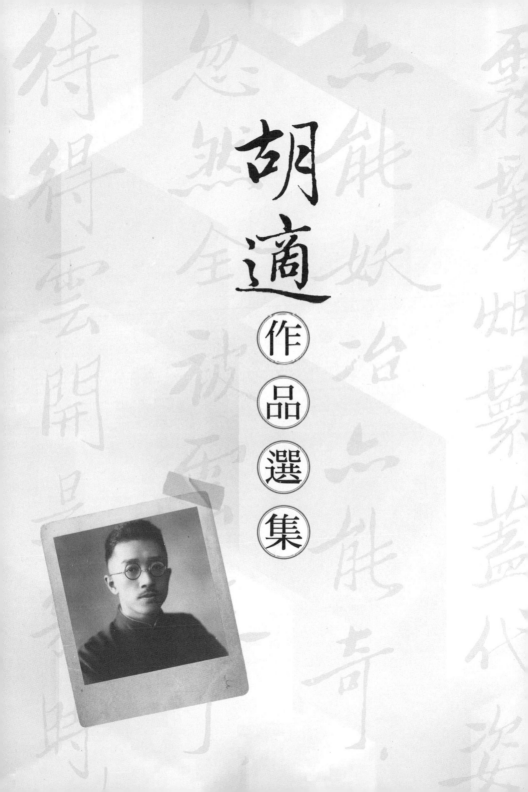

—編者序—

自古成功在嘗試！

「新文化中舊道德的楷模，舊倫理中新思想的師表」——蔣中正

胡適，中國白話文學之父、近代新文化運動領袖，對於白話文的普及與新文學的推動功不可沒。他還曾經擔任過國立北京大學校長、中華民國駐美大使、中央研究院院長等要職。胡適畢生涉略廣泛，著述豐富，於文學發展、哲學研究、自由思想各方面都有不凡的貢獻與影響。

胡適早年留學美國，師從約翰．杜威。這段留學的日子培養了胡適崇尚自由、民主和科學的精神，如他於〈介紹我自己的思想〉一文中曾自述道：「我的思想受兩個人的影響最大：一個是赫胥黎，一個是杜威先生。赫胥黎教我怎樣懷疑，教我不信任一切沒有充分證據的東西；杜威先生教我怎樣思想，教我處處顧到當前的問題，教我把一切學說理想都看作待證的假設，教我處處顧到思想的結果。」

留學時期吸收到的西方文化與思想，讓胡適開始重視科學佐證，主張少談主義、先疑後

信、盡信書不如無書。後來，他提出著名的治學方法——「大膽假設，小心求證」，此治學方法深切影響學術研究發展，其實事求是的精神更成為往後推動新文化運動的關鍵。

西元一九一七年，胡適於倡導科學與文學改革的《新青年》雜誌上，發表〈文學改良芻議〉一文。該文提倡改良中國文學，引起廣大迴響，文譽一時，更成為推動新文化運動的助力。不久，胡適又發表〈談新詩〉一文，受近代中國著名詩人、散文家朱自清於《中國新文學大系．詩集》一書中評價道：「〈談新詩〉差不多成為詩的創造和批評的金科玉律了。」

西元一九二〇年，胡適再度於《新青年》發表中國現代文學史上第一部白話詩集《嘗試集》，開創白話體新詩先河，成為新文學發展的里程碑，胡適也因此被尊崇為「中國新詩開山祖」。

總括胡適對中國文壇的貢獻，主要有以下三方面：

一、理論方面——提出文學改革的主張；

二、歷史方面——指出新文學的淵源流變；

三、實踐方面——從事白話文學的創作。

由此可見胡適在中國現代文學發展上的深厚影響，如文史大家唐德剛於《胡適雜憶》一書中曾說道：「胡適之先生的了不起之處，便是他原是我國新文化運動的開山宗師，但是經過五十年之考驗，他既未流於偏激，亦未落伍。始終一貫地保持了他那不偏不倚的中流砥柱的地位。開風氣之先，據杏壇之首；實事求是，表率群倫，把我們古老的文明，導向現代化之路。熟讀近百年中國文化史，群賢互比，我還是覺得胡老師是當代第一人！」

為了帶領讀者認識這位劃時代的中國現代文學奠基者——胡適，本書詳細載錄胡適的生平故事；選錄新詩鼻祖《嘗試集》最經典的著名篇章，輔以創作背景、作品賞析、文學點評作說明；收錄新文化運動先聲〈文學改良芻議〉、〈談新詩〉等名篇，以及國中必讀選文〈差不多先生傳〉、〈九年的家鄉教育〉；輯錄梁實秋〈胡適先生二三事〉、〈懷念胡適先生〉與季羨林〈為胡適說幾句話〉、〈站在胡適之先生墓前〉四篇名家評價；另外，獨家收錄民國第一紅娘胡適為三對名人夫妻（徐志摩與陸小曼、沈從文與張兆和、趙元任與楊步偉）成功牽線的月老軼事；並且，特別收錄胡適與兩位影響二十世紀局勢至深的關鍵人物——蔣中正、毛澤東之間的恩怨情仇；最後，附錄胡適生平紀事年表，讓讀者得以清楚掌握胡適跌宕起伏的一生。

就讓我們跟隨中國白話文學之父胡適的腳步，翻開現代文學扉頁，踏上一段最經典、最傳奇的現代文學之旅吧！

編者　謹識

Contents

胡適

第三章 胡適之名家評價

第一章

胡適之 傳奇人生

01

胡適之童年與家庭

一個慈母的愛
一點點用功的習慣
一點點懷疑的傾向

胡適，一八九一年十二月十七日，出生於上海市川沙縣（今上海市浦東新區）。胡適的本名為「嗣穈」，「嗣」的意思是繼承前人之業；「穈」則指一種幼苗為赤紅色的穀類，出自《詩經．生民》：「誕降嘉種，維秬維秠，維穈維芑❶。」其父親胡傳與母親馮順弟則暱稱胡適為「穈兒」。

而胡適在家中排行第四，尚有三位同父異母的哥哥，分別為大哥胡嗣稼、二哥胡嗣秬、三哥胡嗣秠，四人的名字均為胡適的父親胡傳所取。他們的名字，第一個字皆為「嗣」，這是期望兒子們能夠繼承父輩的品行，傳承父業，光宗耀祖。胡適的母親馮順弟，曾對年幼的胡適說過：「你總要踏上你老子的腳步。我一生只曉得這一個完全的人，你要學他，不要跌他的股❷。」這一段話恰好成為了胡傳替兒子們取名「嗣」字的最好註腳；第二個字均從「禾」字旁，「禾」字為穀類植物的統稱，這是期望兒子們不要忘記家鄉故土，不要忘記「一粥一飯，當思來處不易」的古訓。

胡適的父親「胡傳」，一生曾娶過三位妻子。原配馮氏，在太平天國之亂時罹難；後來，胡傳續娶曹氏，不料曹氏卻在一八七七年卒於肺結核。之後，胡傳在中國東北寧古塔結識邊務欽差大臣吳大澂，經吳大澂推薦走上仕途，他追隨吳大澂，先後前往海南，協助治理黃河，辦理江蘇稅務。在此期間，胡傳再娶胡適生母「馮順弟」。

胡適的母親「馮順弟」，出生於一戶貧窮農家，她的父親是戰亂下的倖存者，曾被太平軍俘擄，臉上還燙有「太平天國」四字，其父親畢生最大的願望就是能蓋上一間瓦房。而馮順弟從小就十分懂事賢慧，每當父親去村外搬運蓋新房的材料時，還是小女孩的馮順弟都會去村口接應父親，為父親分擔。

一八九〇年，懂事的馮順弟十七歲了，正值婚娶之時，恰好有媒人來家中提親，不料對方竟然是年已四十九歲的胡傳。即使胡傳時任江蘇候補知府，兩位前妻也早已先後離世，但馮順弟的父母卻仍然不願同意這門婚事，一來胡傳的大兒子、大女兒都比馮順弟還要年長；二來不想自己的女兒作填房❸；三來怕人說閒話，讓人以為他們馮家貪圖財勢、高攀官家。

不過馮順弟卻說：「給人家作晚娘❹，聘金、彩禮應該多些，將來可以幫忙，你們重建祖屋的心願總能實現了，聽說胡先生也是個人人敬重的好人……」她會這麼說是因為，當時馮順弟的家鄉流傳著「胡傳還沒有到家，煙館、賭場都關門了」一語。是以，馮順弟心想，連菸鬼、賭棍都會害怕他，這說明胡傳應該會是一位好人、一位好丈夫的。加上，馮順弟某次逛神會的時候❺，曾於人群中見過胡傳，當時馮順弟對他的印象就還不錯。

馮順弟對父母親說道：「只要你們倆都說他是個好人，就請你們倆做主吧！」末了，她又輕輕補充道：「至於年歲嘛！男人家四十九歲也不能稱是年紀大了……」是以馮順弟成為了胡傳的續弦❻，兩人並於一八九一年生下小兒子胡適。

在胡適出生後不久，胡傳便奉調台灣❼，擔任「全台營務處總巡」，考察台灣防務。而兢兢業業的胡傳一到台灣就馬不停蹄，六個月內就走遍全島，南到恆春，北至滬尾❽，並且深入台東、花蓮、宜蘭，遠達澎湖。他親赴全台各地，將駐軍、防務設施及訓練情形全都考察了一遍。

兩年後，胡傳前往台南擔任「鹽務總局提調」兼辦安嘉總館，辦理台南鹽務。在胡傳任職期間積弊一清，使得當地鹽務大有起色。在這期間，胡傳終於能夠將家眷接到來台灣團聚，此時年僅二歲的胡適隨著母親第一次渡海來台，居住於父親胡傳的任所。

但胡適一家在台南僅僅住了短短九個月，便由於胡傳在台南鹽務總局大肆整頓、革除積弊的緣故，得罪有力人士。後來胡傳被調往當時仍待開發的台東，任「代理台東直隸州知州」，胡適因而隨著父母親來到台東。

一八九五年，胡傳真除「台東直隸州知州」一職[9]。隨後不久，清政府於甲午戰爭中戰敗，將台灣割讓給日本，並要求所有在台官員內渡離台。但胡傳不甘心認輸，同年五月，在將馮順弟、胡適等家眷送回中國後，胡傳獨自抗旨留待台灣，希望能募兵保台[10]。胡傳從台東徒步走到台南，衣衫襤褸的他前去見了黑旗軍首領劉永福[11]，要求以書生之身參戰，卻旋即因病被送返中國廈門。

令胡適母子萬萬沒想到，他們才剛離開台灣，回到位於績溪縣的老家[12]，不久便傳來胡傳病逝的惡耗[13]。家庭的巨變和不幸，在胡適幼小的心靈裡留下了深刻的記憶，他曾在生前唯一一部親筆撰寫的自傳《四十自述》說道：「這時候我只有三歲零八個月。我彷彿記得我父親死信到家時，我母親正在家中老屋的前堂，她坐在房門口的椅子上。她聽見讀信人讀到我父親的死信，身子往後一倒，連椅子倒在房門檻上。東邊房門口坐的珍伯母也放聲大哭起來。一時滿屋都是哭聲，我只覺得天地都翻覆了！我只彷彿記得這一點淒慘的情狀，其餘都不記得了。」他又說道：「我父親是東亞第一個民主國的第一位犧牲者。」

當胡傳逝世時，胡適還不滿四歲。對胡適而言，除了在台東時，他曾跟著胡傳認識七百多個字之外，談不上受到父親多少直接的影響。但在胡適的為人、思想方面，父親對他的影響卻是極其深遠的，其中影響最劇烈的，便是馮順弟對胡適的教育。如胡傳在留給馮順弟的遺囑上說道：「嗣糜天資聰明，應該令他讀書。」在給胡適的遺囑中，也鼓勵他努力讀書上進，胡適曾言：「爹爹的幾句話，在我的一生很有重大的影響。」之後，胡適在上私塾時，他便將父親胡傳所編的四言韻文──談為人之道的〈學為人詩〉與略述儒家哲理的〈原學〉作為自己的啟蒙讀物。

而胡適的母親馮順弟在丈夫離世後，迫不得已成為一家之主，一位年僅二十二歲的女子必須獨自扛起整個家庭，可以想見馮順弟的難處。

當時，胡適的二哥胡嗣秬在上海做生意，他可以說是整個胡家的經濟來源。胡適的大哥胡嗣稼卻是一個典型的敗家子，他會賭博、吸鴉片，又會偷竊家裡的物品，還時常在外面欠下一大筆賭債，使得每年除夕都有債主到胡家要債。馮順弟只得客客氣氣地招待那些討債的債主，將家中僅有的錢財分一些給債主，好說歹說才將他們勸離。債主走後，大哥胡嗣稼才會回到家中，不過當他回家時，馮順弟也不會加以責罵，而是和和氣氣地一起吃團圓飯。這一切只因馮順弟仁慈而質樸，又處處小心謹慎，寧願獨自受苦，也不願弄得家庭不和的緣故。

但儘管馮順弟處事逆來順受，她仍然是一個有原則的人，不會平白接受他人對其人格的侮辱。例如某天，胡適有個遊手好閒的五叔在煙館裡發牢騷，說馮順弟家中有事時，總是會請某人幫忙，大概是給了那人什麼好處。此話傳到馮順弟耳裡，她氣得大哭，請來那位胡適的五叔，當面質問他，自己給了某人什麼好處，一直到五叔當眾認錯賠罪，她才肯罷休。

小時候的胡適便看著母親忍受著所有的壓力與痛苦，但卻從來沒說過一句傷人感情的話，只是默默獨自支撐著這個家。後來，胡適曾說自己日後好脾氣的養成，和他這段童年生活很有關係。正因如此，胡適成為了民國時期脾氣最好的大師之一。晚年的胡適更在推崇大半輩子的自由後，提出「容忍比自由更重要」。

馮順弟對胡適來說，既是慈母兼嚴父，又是恩師兼嚴師。如胡適在〈我的母親〉一文中曾有著詳細的記載：「每天，天剛亮時，我母親便把我喊醒，叫我披衣坐起。我從不知道她醒來坐了多久了。她看我清醒了，便對我說昨天我做錯了什麼事，說錯了什麼話，要我認錯，要我用功讀書。有時候她對我說父親的種種好處，她說：『你總要踏上你老子的腳步。我一生只曉得這一個完全的人，你要學他，不要跌他的股。』她說到傷心處，往往掉下淚來。到天大明時，她才把我的衣服穿好，催我去上早學。

「我母親管束我最嚴，她是慈母兼任嚴父。但她從來不在別人面前罵我一句，打我一下。我做錯了事，她只對我一望，我看見了她的嚴厲眼光，便嚇住了。犯的事小，她等到第二天早晨，我眠醒時，才教訓我；犯的事大，她等到晚上人靜時，關了房門，先責備我，然後行罰，或罰跪，或擰我的肉。無論怎樣重罰，總不許我哭出聲音來，她教訓兒子不是藉此出氣叫別人聽的。

「大哥的女兒比我只小一歲，她的飲食、衣服總是和我的一樣。我和她有小爭執，總是我吃虧，母親總是責備我，要我事事讓她。」

又如在一個初秋的夜晚，年幼的胡適吃完晚飯，在門口玩耍。當時住在胡適家的馮順弟妹妹玉英姨母，看到胡適身上只穿著一件單背心，她怕胡適冷，便拿了一件小衫出來，叫他穿上，胡適卻怎麼樣都不願意穿，而玉英姨母仍是說著：「穿上吧，涼了。」

胡適居然脫口而出道：「娘（涼）什麼！老子都不老子呀。」他剛說完這句話，一抬頭，便看見馮順弟從家裡走出來。胡適一驚，趕緊將小衫穿上，但馮順弟卻已經聽見這句輕薄的話了。

待到晚上，夜深人靜時，馮順弟讓胡適罰跪，重重責罰他，她氣憤道：「你沒了老子，是多麼得意的事！好用來說嘴！」馮順弟氣得發抖，整個晚上都不許胡適回到床上睡覺。

胡適只能跪在地上哭，用手擦拭眼淚，不知擦進了什麼黴菌。在那之後，胡適便會患上眼翳病，醫來醫去，總醫不好，馮順弟心裡又悔又急。某天，她聽說眼翳可以用舌頭舔去。想不到深夜時，馮順弟竟當真把胡適叫醒，用自己的舌頭舔拭胡適的眼翳。後來，胡適回憶此景時，便發自內心說道：「這是我的嚴師、我的慈母。」

可見馮順弟並沒有因為胡適父親的早逝，以及胡適身為自己獨子的關係，就溺愛胡適，反倒是處處教胡適做人，讓他好好學習。以致於胡適在《四十自述》中，為母親馮順弟寫下一段飽含深情的文字：「我在我母親的教訓之下住了九年，受了她的極大、極深的影響。我十四歲（其實只有十二歲零兩、三個月）便離開她了，在這廣漠的人海裡獨自混了二十多年，沒有一個人管束過我。如果我學得了一絲一毫的好脾氣，如果我學得了一點點待人接物的和氣，如果我能寬恕人、體諒人——我都得感謝我的慈母。」

除了教育胡適做人處事之外，馮順弟的心中一直懷揣著丈夫胡傳離世時的叮囑——「穈天資聰明，應該令他讀書」。是以馮順弟為了讓胡適接受好的教育，她不惜成本，向別人借了八十塊大洋，為胡適買了一部《古今圖書集成》。而當時北京一套四合院的房子也不過才二百塊大洋而已，可知馮順弟在胡適學習上的重視。

而且，因為馮順弟衷心敬佩胡傳的人品與學問，於是她便以胡傳曾經教導自己的《論語》教育胡適，如馮順弟常以曾子名言鞭策胡適，像是「吾日三省吾身，為人謀而不忠乎？與朋友交而不信乎？傳不習乎？」每天睡前，馮順弟便坐在胡適的床沿，命胡適站在床前，讓兒子「三省吾身」——今日有做錯什麼事，說錯什麼話，該抄寫的字帖是否完成。

次日晨光熹微之時[14]，馮順弟就會將胡適喚醒，催促他上私塾。但因為私塾的鑰匙放在老師家裡，所以胡適總得先趕到老師家門口，輕輕敲門，裡面就會有人把鑰匙從門縫裡遞出來。胡適接到鑰匙後，他便會立即趕回私塾，把私塾的門打開，坐下來苦讀，天天如此。這段日子，無疑為胡適打下了往後在中國文壇上輝煌成就的基礎。

而因為胡適從小體弱，再加上母親馮順弟不准他隨便亂跑的緣故，養成了他愛靜不愛動的性格。加上，胡適總是文謅謅地說話，所以人們都說他像個先生樣子[15]，於是為他起了個「穈先生」的綽號。有了「先生」之名，胡適便不得不裝出點「先生」的樣子，他因此無法隨心所欲地與其他孩子們一同玩耍，是以他曾說道：「故我一生可算是不曾享過兒童遊戲的生活。」

某天，胡適難得在家門口和一群孩子玩「擲銅錢」。一位老人走了過來，他笑著對胡適說：「穈先生也擲銅錢嗎？」胡適聽完，馬上面紅耳熱起來。日後，他也就更少與其他孩子們一同玩耍，一心專注在讀書上了。胡適在這時期讀遍四書五經等儒家經典著作[16]，奠定其一生學問的根基。

因為胡適天賦聰穎，加上母親管教有方，他十一歲時就已經開始用朱筆點讀《資治通鑑》。後來，胡適還自己創編了一部《歷代帝王年號歌訣》。這部《歷代帝王年號歌訣》傳到當地知府手中⑰，大受知府賞識，知府便讓人用宣紙印製了數百本廣發出去。胡適從此得到「小神童」的稱號，在方圓數百里間赫赫有名。然而就在這時，胡家的經濟狀況每況愈下，母親只好讓年幼的胡適乘船去涇縣，幫舅父料理藥店的雜務事。

但胡適對於經商並不感興趣，他只要一有時間，便會捧起線裝古書閱讀⑱。胡適讀著讀著，就意識到自己絕對不能將「一生交給十三檔（算盤）」。忽然，他想起在上海工作的二哥胡嗣秬，便寫一封信給二哥，希望他能帶自己到上海讀書。

此事受到胡適的母親馮順弟大力支持。胡適臨行前，她還特地為兒子縫製一個枕頭套，枕頭套上用紫紅色線繡了兩行文字：「男兒立志出鄉關，讀不成名死不還。」那時剛滿十三歲的胡適，雖然因為第一次離開母親身邊，內心依依不捨。但胡適為了不辜負母親的期待，仍舊堅強地踏上他的求學之路。後來，胡適回憶當時的情景：「我就這樣出門去了，向那不可知的人海裡去尋求我自己的教育和生活——孤零零的一個小孩子，所有的防身之具只是一個慈母的愛、一點點用功的習慣，和一點點懷疑的傾向。」

胡適到上海後，先後就讀於梅溪學堂、澄衷學堂、中國公學。而「胡適」一名的由來，便是胡適在澄衷學堂讀書時所取的。那時中國近代啟蒙思想家兼翻譯家嚴復的《天演論》中文譯本剛出版不久，卻已風行全中國，而《天演論》中「優勝劣敗，適者生存」的警句，在當時擄獲眾多青少年的心。某天早晨，胡適請二哥胡嗣秬代取一個表字[19]。正在看《天演論》的二哥思考後，說道：「就用適者生存的『適』字好不好？」自此，他便開始以「適之」為筆名（二哥胡嗣秬，字紹之；三哥胡嗣秠，字振之），偶爾發表些文章。

一九一〇年，胡適的二哥胡嗣秬前往北京處理公事，恰巧獲悉同年六月，北京將舉行留美官費生招生考試[20]。胡嗣秬遂致函胡適，告訴他這一個大好消息。胡適認為這是極好的機會，便寫信告訴母親馮順弟。馮順弟一收到信後，馬上回信鼓勵兒子抓緊時間念書，進京赴考。於是，胡適開始夙興夜寐的生活，認真攻讀[21]，沒有一絲一毫的懈怠。

同年六月，胡適向一位同鄉借了二百銀元的旅費，終於抵達北京，參加當時由清華大學舉行的留美官費生招生考試。隔月放榜，胡適榜上有名，順利成為留學美國的官費生。

在胡適考取留美官費生之後，當即向母親報喜。馮順弟收到消息後，覆信道：「你到美國後，宜勤寄家信，每月至少必須一次。每年必照兩張相片寄家，切勿疏懶……你此出洋，乃你昔年所願望者，一旦如願以償，余心中甚為欣幸……一切費用皆出自國家，則國家培植汝等，甚為深厚。汝當努力向學，以期將來回國為國家有用之材。庶不負國家培植之恩，下以有慰合家期望之厚也。」

一九一〇年八月，胡適由上海乘船出發，橫渡太平洋，遠赴美國。

胡適到達美國後，謹遵母親囑咐，按月寫信回家向母親請安。並且無論寒假或暑假，當別的留學生都在遊山玩水時，胡適依舊在苦讀，埋首於做學問、寫文章之中。而且胡適為了孝敬辛勞的母親，他都會一邊節省自己的生活費，一邊努力投稿、掙取稿酬，以便按月寄給母親些許費用，減輕母親的重擔。

胡適在美國留學的日子，前後共七年。這段期間，家中發生了很大的變化。一九一五年，胡適的大哥胡嗣稼因病離世，為辦理喪事，胡家變賣掉大部分的田地、房產，這讓家裡的日子變得更加困難。胡適的母親馮順弟更因此生了重病，當時的她嚴重到臥病在床，不能起身。但馮順弟寧可自己忍受著這種痛苦，也不願將自己的病情告訴在美國認真求學的胡適。

馮順弟請來照相館的師傅，在家中為她照一張自己的相片。她將照片妥善保存起來，註明上日期，並告訴家裡的人：「吾病若不起，慎勿告吾兒，以免擾其情緒，分其心思。俟吾兒學成歸國[22]，乃以此影與之。吾兒見此影，如見我矣。」

一九一七年，胡適取得博士學位，終於學成歸國，回到故鄉安徽績溪。當馮順弟倚著門扉，遠遠望見自己的兒子胡適回來時，她激動地流下熱淚，口中不停地說道：「回來了！好了！」不過，胡適在家鄉小住數日後，便啟程赴京，應北京大學校長蔡元培之邀，擔任北京大學教授，開始其教學生涯。

在胡適回國後，胡家的經濟狀況便逐漸好轉，但馮順弟卻因長期操持家務，勞累過度，終於體力不支，於一九一八年與世長辭。胡適聞此惡耗，悲痛欲絕，當即與剛完婚不久的妻子江冬秀回家奔喪，並寫下〈先母行述〉一文，文中寫道：「生未能養，病未能侍，畢世劬勞未能絲毫分任㉓，生死永訣乃亦未能一面。平生慘痛，何以如此！」

註釋

❶ 秬：黑黍。秠：黍的一種，一個黍殼中含有兩粒黍米。穈：赤苗，紅米。芑：白苗，白米。
❷ 跌他的股：丟臉、出醜。
❸ 填房：前妻死後，續娶的妻子。
❹ 晚娘：即「繼母」。
❺ 神會：在神明誕辰時，沿途鳴鑼擊鼓，表演各種節目，或在廟口演戲、表演雜耍，以迎送神像的民間習俗。
❻ 續弦：喪妻再娶。
❼ 奉調：遵照命令到指定的地點服職。
❽ 滬尾：即現今的「淡水」。
❾ 真除：實授官職，由暫時代理改為正式職位。
❿ 募兵：募集志願當兵的人。

11 黑旗軍：十九世紀末，以劉永福為首的一支民間地方武裝力量。甲午戰爭爆發，劉永福奉清政府命令，率領黑旗軍協防台灣。後來，清政府於甲午戰爭中戰敗，將台灣割讓給日本，劉永福與台灣士紳丘逢甲在台灣策劃獨立，成立台灣民主國，擁立台灣巡撫唐景崧為總統。

12 績溪：位於安徽省東南部。

13 惡耗：壞消息。

14 熹微：天剛亮時，陽光微薄的樣子。

15 先生：舊時對老師的尊稱。

16 四書五經：為四書和五經的合稱，兩者皆為中國儒家的經典書籍。四書：指《論語》、《孟子》、《大學》、《中庸》。五經：指《詩經》、《書經》、《禮經》、《易經》、《春秋經》。

17 知府：地方職官名，府級行政區的地方官。

18 線裝：一種書籍裝訂法。以書葉對開分摺，使書版兩旁餘幅皆向書背，上下加裝書皮，打孔穿線成冊。

19 表字：又稱作「字」，指本名之外的一個正式代稱。通常基於禮貌，間接性叫喚他人的表字，而不直稱其本名，以表示客氣之意，避免失禮。

20 官費生：現常作「公費生」，指由政府負擔一切學費與雜費的學生。

21 攻讀：致力讀書、鑽研某種學問。

22 俟：等到。

23 劬勞：勞苦、辛勤。

02

胡適之留學與思想

選擇的標準——性之所近，力之所能。

治學的主張——大膽假設，小心求證。

一九一〇年，胡適進入美國康乃爾大學農科就讀。當時胡適並未選擇文科，反而選擇農科的原因，可見於胡適之〈中學生的修養與擇業〉一文：「民國前二年，考取官費留美，家兄特從東三省趕到上海為我送行，以家道中落，要我學鐵路工程或礦冶工程，他認為學了這些回來，可以復興家業，並替國家振興實業。不要我學文學、哲學，也不要學做官的政治、法律，說這是沒有用的。當時我同許多人談談這個問題。以路、礦都不感興趣，為免辜負兄長的期望，決定選讀農科，想做科學的農業家，以農報國。同時，美國大學農科是不收費的，可以節省官費的一部分，寄回補助家用。」

不過，就在胡適攻讀農科半年後，他便發現自己對農學不感興趣，但胡適的二哥仍是勸道：「農學作為中國通用之學，蓋南方雖有人滿之患，然北方如東三省、內外蒙古、新疆伊犁等處，地曠人稀，以面積計，十分未墾其三……吾弟將來學成歸國，大有可為。惟須從事於大農之學，若沾於一藝一事之長，無濟也。」

一九一二年，胡適毅然決然轉入符合自己興趣的文學院，主修哲學，副修政治、經濟與文學。後來，他曾在一次演講中回憶當時的情況：「學了一年，成績還不錯，功課都在八十五分以上。第二年我就可以多選兩個學分，於是我選『種果學』，即『種蘋果學』，分上午講課與下午實習。上課倒沒有什麼，還甚感興趣。下午實驗，走入實習室，桌上有各色各樣的蘋果三十個，顏色有紅的、有黃的、有青的……形狀有圓的、有長的、有橢圓的、有四方的……要照著一本手冊上的標準，去定每一蘋果的學名，蒂有多長？花是什麼顏色？肉是甜，是酸？是軟，是硬？弄了兩個小時。

「弄了半個小時，一個都弄不了，滿頭大汗，真是冬天出大汗。抬頭一看，呀！不對頭，那些美國同學都做完，跑光了，把蘋果拿回去吃了。他們不需剖開，因為他們比較熟習，查查冊子後面的普通名詞就可以定學名，在他們是很簡單。我只弄了一半，一半又是錯的。回去就自己問自己：『學這個有什麼用？』要是靠當時的活力與記性，用上一個晚上來強記，四百多個名字都可以記下來應付考試。但試想有什麼用呢？那些蘋果在我國煙台也沒有❶，青島也沒有，安徽也沒有……我認為科學的農學無用了，於是決定改行，那時正是民國元年，國內正是革命的時候，也許學別的東西更有好處。

「那麼，轉系要以什麼為標準呢？依自己的興趣呢？還是看社會的需要？我年輕時候《留學日記》有一首詩，現在我也背不出來了。我選課用什麼作標準？聽哥哥的話？看國家的需要？還是憑自己？只有兩個標準：一個是『我』；一個是『社會』，看看社會需要什麼？國家需要什麼？中國現代需要什麼？但這個標準——社會上三百六十行，行行都需要，現在可以說三千六百行，從諾貝爾得獎人到修理馬桶的，社會都需要，所以社會的並不重要。因此，在定主意的時候，便要依著自我的興趣了——即性之所近，力之所能。我的興趣在什麼地方？與我性質相近的是什麼？問我能做什麼？對什麼感興趣？我便照著這個標準轉到文學院了。」

胡適又曾自述道：「我勉力學農，是否已鑄成大錯呢？我對這些課程基本上是沒有興趣；而我早年所學，對這些課程也派不到絲毫用場；它與我自信、有天分、有興趣的各方面，也背道而馳。這門果樹學的課——尤其是這個實驗——幫助我決定如何面對這個實際問題。我那時年輕，記憶力又好。考試前夕，努力學習，我對這些蘋果還是可以勉強分類和應付考試的；但是我深知考試之後，不出三、兩天——至多一週，我會把那些當時有四百多種蘋果的分類，還是要忘記得一乾二淨。

「我們中國，實際也沒有那麼多種蘋果，所以我認為農學實在是違背了我個人的興趣。

勉強去學，對我來說實在是浪費，甚至愚蠢。因此，我後來在公開講演中，便時時告誡青年，勸他們對他們自己的學習前途的選擇，千萬不要以社會時尚或社會國家之需要為標準。他們應該以他們自己的興趣和稟賦，作為選科的標準才是正確的。」當時，胡適轉科的決定還深受同期留學生梅光迪的讚賞，他說道：「吾國學術史上一大關鍵，不可不竭力贊成。」

一九一五年，胡適進入哥倫比亞大學哲學系，師從「實驗主義大師」約翰·杜威。自此，胡適開始有系統地研究「實驗主義」，該主義更在往後成為胡適思想和行為的準則。

十九世紀時，科學家們開始認為科學定律是會變動的，所有的科學定律也都只是最適合的「假設」；並且連以往認定的「物種不變」觀，也隨著達爾文《物種原始》一書的出現，受到動搖。在此背景下，「實驗主義」誕生了。該主義不承認真理就是永遠的真理，只承認一切的真理都是應用的「假設」。接著要判別「假設」的真實性，就需要倚靠「實驗」進行驗證。

後來，胡適在上海演講時，曾經詳細說明他認為的「實驗主義」：「今天所要講的題目，是『實驗主義』，英文中有人譯作『實際主義』，我想這個名詞也好用，並且實驗主義在英文中，似當另為一個名詞。那麼，我何以要把實際主義改為實驗主義呢？那也有個道理，原來實驗主義的發達，是近來二十年間的事情，並且分為幾派，有歐洲大陸派，有英國派，有美國派。英國派是『人本主義』，它的意思是，萬事萬物都要以『人』為本位，不可離開了人的方面，空去說的，所以是非、有無、利害、苦樂，都是以『人』為根本的；美國派又分兩派，一派就是『實際主義』，為杜威博士那一般人所代表的。一派是『工具主義』，這派把思想真理等精神的產物都看作應用的工具，和那用來寫字的粉筆，用來喝茶的茶杯一樣。以上各派，雖則互有不同，然而有一點是共同的，那就是注重『實驗』，所以我今天的題目叫作『實驗主義』。

「我們要明白實驗主義是什麼東西，先要知道實驗的態度究竟是怎麼樣。實驗的態度，就是科學家在試驗室裡試驗的態度。科學家當那試驗的時候，必須先定好了一種假設，然後把試驗的結果來證明這假設是否正當。譬如科學家先有了兩種液體，一是紅的，一是綠的。他定了一個假設，說這兩種液體拼合起來是要變黃色的。然而，這句話不是一定可靠，必須把它試驗出來，看看拼合的結果是否黃色，再來判定那假設的對不對。實驗主義所當取的態度，也就和科學家試驗的態度一樣。既然如此，我敢說，實驗主義是十九世紀科學發達的結果，何以見得實驗主義和科學有關係呢？那麼，我們不可不先明白科學觀念的兩大變遷——一為『科學律令』，就是事物變化的通則，從前的人以為科學律令是萬世不變，差不多可以把中國古時『天不變，道亦不變』的二句話，再讀一句『科學律令亦不變』。

「然而，五十年來，這種觀念大為改變了。大家把科學律令看作假設的，以為這些律令都是科學家的假設，用來解釋事變的，所以可以常常改變。譬如幾何學的定律說，從直線的起點上，只有一條直線可以同原線平行。又說，三角形中的三個角相加等於二直角，這二律我們都以為不可破的。然而，新幾何學竟有一派說，從直線的起點上有無數的直線同原線平行；有的說，從直線的起點上，沒有一條直線可以同原線平行；有的說，三角形中的三角相加比二直角多；有的說，比二直角少。這些理論，都和現在幾何學的律令不同，卻也能『言之成理，持之有故』。連科學家也承認他們有成立的根據。不過照現在的境遇說，通常的幾何學是最合應用，所以我們去從他的律令。假使將來發現現在的幾何學不及那新幾何學合用，那就要『以新代舊』了。

「我們對於科學律令的觀念既改，那麼研究科學的方法也改了，並且可以悟得真理不是絕對的。譬如我們所住的大地，起初人家以為是扁平的，日月星辰的出沒，都因為天空無邊，行得近些就見了，行得太遠就不見了。這種說話現在看來固然荒謬，然而起初也都信為真理，後來事變發現得多了，這條真理不能解釋他了。於是有『地圓』的一說，有『地球繞日』的一說，那就可見真理是要常常改變的。又譬如三綱五常❷，我們中國從前看作真理，但是這八年之中，三綱少了一綱，五常少了一常，也居然成個國家。那就可見不合時勢的真理是要漸漸的不適用起來。

「二為『生存進化』，起初的人以為種類是不變的，天生了這樣，就終古是這個樣兒。所以他們以為古時的牛就是現在的牛，古時的馬就是現在的馬，到了六十年前達爾文著《種源論》，才說明種類是要改變的。人類也是猿類變的，我們人類有史的時代雖只有幾千年，而從有人類以來至少有一萬萬年[3]，假使把這一萬萬年中的生物，從地質學考究起來，不曉得種類變得多少了，那種類變化的根本，就是『物競天擇，適者生存』八個字。

「再簡單說一句，就是『適應環境』罷了。譬如這塊地方陽光太大，生物就須變得不怕陽光；那塊地方天氣太冷，生物就須變得不怕寒冷。能夠這樣的變化方可生存，不能變的或變得不完全適合的，難免淘汰。而且這種變化，除了天然以外，人力也可做到的。譬如養雞、養鴨，我們用了擇種的法子，把壞的消滅了，好的留起來，那麼數世之後只有好種了；又譬如種桃，我們用了接木的法子，把桃樹的枝接到蘋果樹上去，一、二年中就會生出特種的桃子，可見生存進化的道理，全在適應環境的變化。上面我說了兩大段的話，現在把它結束起來，就是——一切真理都是人定的。人定真理不可徒說空話，該當考察實際的效果；生活是活動的，是變化的，是對付外界的，是適應環境的。」

爾後，胡適更將「實驗主義」的主張與研究方法，延伸到處世態度和治學方法上。他表明無論是處世態度和治學方法，均需抱持著「存疑」的態度，接著再用「實驗」加以證實。

其主張中的第一步──抱持著「存疑」的態度，實則源自於英國學者赫胥黎的「存疑論」；第二步──以「實驗」設法求證，便是杜威「實驗主義」的應用。由此可見，杜威與赫胥黎深深影響胡適的思想，如胡適曾在《胡適文選．自序》中寫道：「我的思想受兩個人的影響最大：一個是赫胥黎，一個是杜威先生。赫胥黎教我怎樣懷疑，教我不信任一切沒有充分證據的東西；杜威先生教我怎樣思想，教我處處顧到當前的問題，教我把一切學說理想都看作待證的假設，教我處處顧到思想的結果。」

後來，胡適更於一九一九年提出著名的「大膽假設，小心求證」，此主張對他後來倡導文學改革與考證《紅樓夢》、《水滸傳》、《西遊記》等古典小說與《水經注》等經典古籍，以及研究中國思想史上有著深遠的影響。

《註釋》

❶ 煙台：位於中國山東省境內，為中國最早栽種蘋果的地方，被稱為「中國現代蘋果的發源地」。

❷ 三綱五常：傳統儒家倫理。三綱：君為臣綱，父為子綱，夫為妻綱。五常：仁、義、禮、智、信。

❸ 萬萬：一萬個萬，同「億」。

03

胡適之婚姻與愛情

胡適一生最重要的三位女子——
老伴江冬秀、知己韋蓮司、插曲曹誠英。

一九一七年，胡適學成歸國後，便奉母親之命，與大他一歲的遠房親戚江冬秀成親。

胡適與江冬秀的這段婚姻，全為胡適的母親馮順弟一手包辦的——早在一九〇四年，年僅十三歲的胡適將跟隨二哥到上海讀書前，馮順弟便為胡適訂下他與江冬秀的婚約。

在胡適的安徽績溪同鄉石原皋所撰寫的《閒話胡適》一書中，載有胡適與江冬秀訂婚一事。書中說到江冬秀與胡適本是親戚，胡適的姑婆為江冬秀的舅母。某天，江冬秀的母親到胡適的姑婆家拜訪，恰巧遇到馮順弟與胡適母子。江冬秀的母親看胡適眉清目秀、聰明伶俐的樣子，她便表示希望把自己的女兒江冬秀許配給胡適。胡適一聽，頗有顧慮——一因江冬秀比自己還要年長一歲，當時的績溪有俗諺說：「男可大十，女不可大一。」二因當時江家正興旺，胡家卻已中落，有兩家不相稱之處，因此胡適並未馬上表態。

後來，江冬秀的母親一心想要成就這門親事，便託胡適的叔叔胡祥鑒作媒。當時在私塾教書的胡祥鑒為江冬秀的老師，他便答應撮合這樁喜事，是以他開始在馮順弟面前百般勸說、慫恿，馮順弟這才同意讓他把江冬秀的「八字」送來看看，再作決定。之後，馮順弟請來算命先生推斷，結果說明兩人十分合適，不沖不克，且江冬秀年長胡適一歲也沒關係。

馮順弟接著把寫有江冬秀「八字」的紅紙疊好，放進灶神面前的竹筒，那竹筒裡還裝有數張寫著其他女孩「八字」的紅紙。一段時間過去，家裡都平安無事，沒有一點不祥之兆。馮順弟這才虔誠地拜過灶神，拿下竹筒，輕輕地搖了搖。然後她用筷子夾出其中一張寫著「八字」的紅紙，攤開一看，正是江冬秀的「八字」，馮順弟便認可了這段「天賜良緣」，胡適與江冬秀的終身大事，也就此定了下來。

其實，胡適本身對這門婚事並不認同，可是出於對母親的孝心，他便默認了這門婚事。訂下婚約後，胡適就先後前往上海、美國求學。這一去，就是十多年，一直到一九一七年，胡適從美國回到家鄉，這些日子他從未見過江冬秀一面。家鄉開始謠言四起——有的說，胡適在跟別的女孩交往；有的說，胡適已經與一位外國女孩結婚；甚至還有人說，胡適已經有孩子了。不過，留在家鄉的江冬秀，非但沒有因此不安或害怕，她還解開自己的纏足，此一放足的舉動更得到胡適的大加讚賞和鼓勵。

然而，相對於江冬秀的苦苦等候，身在美國的胡適確實與一位紅粉知己過從甚密，那位紅粉知己就是胡適的初戀——韋蓮司。其實，胡適剛到美國留學時，他一直警記著母親的叮囑——「男女交際尤須留心」，有長達四年的時間未與女同學來往。不過在一九一四年時，卻因一次偶然的機緣，胡適認識了其畢生的靈魂伴侶韋蓮司。

韋蓮司，為胡適所就讀的康乃爾大學裡一位地質學教授的女兒，雖然她比胡適年長六歲，但其灑脫獨立的個性深深吸引著胡適。韋蓮司自小就在西方教育中長大，從不迷信任何思想，更不會人云亦云，凡事都有自己的想法與主張。所以，即使韋蓮司和許多女子一樣，對學識淵博、風度翩翩的胡適甚是傾慕，她卻從未一味認同胡適。更多時候，韋蓮司甚至還會站在與胡適相反的立場，反駁他的看法。

像是胡適曾稱讚韋蓮司道：「曾經約翰．彌爾說❶：『如今很少有敢為狂狷之行者。』這真是這個時代的隱患啊！狂乃美德，不是毛病。」韋蓮司聽完這席話，只淡淡地說道：「如果是故作狂態，其狂也不足取。」

因此，在胡適的心目中，韋蓮司成為了新女性的理想典範，他曾如此評價韋蓮司：「人品高，學識富，極能思想，高潔幾近狂狷，讀書之多，見地之高，誠非尋常女子所可望其肩背……余所見女子多矣，其真能具思想、識力、魄力、熱誠於一身者，惟一人耳。」

爾後，兩人常常月下散步、湖邊談心、尺牘傳情❷，雙方都深深地欣賞對方、愛慕對方，他們的感情也就越來越深了。可是胡適早就與在家鄉的江冬秀訂有婚約，加上韋蓮司的母親也不喜歡自己的女兒與中國人來往，所以兩人的感情始終無法更進一步。

一九一五年，在胡適轉入哥倫比亞大學後，身處異地的胡適與韋蓮司，仍時常藉通信互通情誼。直到一九一七年，胡適回國前，他們寫給對方的書信竟然高達上百餘封。起初，胡適寫給韋蓮司的信，多是表達自己對韋蓮司的敬重，以及感謝她的幫助；後來，當胡適即將啟程回國時，他才鼓起勇氣，寫信向韋蓮司述說他曾「企盼他們能舉行婚禮」的願望和自己不得不遵守婚約的難處。

胡適的真心話令韋蓮司的內心歷經百般的糾結，但她明白這段與胡適之間的感情終究是無法結果的。最終豁達的韋蓮司選擇以「靈魂伴侶」的方式，繼續陪伴著胡適。而這位深情的女子確實用盡她的一生守候著胡適——韋蓮司終生未嫁，並且在往後的日子裡，不斷給予胡適精神上的支持和外交上的幫助。她還曾邀請胡適夫婦來到自己的家裡聚會，更與江冬秀成為無話不談的好朋友。

一九五九年，七十四歲的韋蓮司為了替胡適建立基金會，竟毅然決然賣掉自己用來養老的房子，她淡淡地對胡適說：「我想為你重要著作的出版和英譯盡些微薄的力量。」而韋蓮司一直以來的付出，也感動了江冬秀。當胡適逝世時，江冬秀把一張韋蓮司的照片放進胡適的陪葬品中。

在胡適逝世後，韋蓮司致力於整理她與胡適來往的每一封書信，與江冬秀一起為胡適出書，且將自身所有資產全數交給胡適的家人，作為胡適文集的出版資金。而江冬秀在整理胡適的書稿時，也向韋蓮司要了一份她的手寫自傳，當時的江冬秀說道：「胡適的生命裡一直有韋蓮司，死後整理作品裡也應該有她，才完整。」

韋蓮司的出現，讓胡適的人生得以完整；她的存在，甚至受到胡適妻子江冬秀的認可。但在胡適生命中出現的另一位女子，卻被江冬秀視為不可容忍的存在，那位女子便是與胡適有著親戚關係的曹誠英。

一九一七年，胡適回到家鄉，與江冬秀成親。當時，身為胡適三嫂妹妹的曹誠英，被請來作江冬秀的伴娘，是以胡適與曹誠英的第一次見面便是在這場婚禮上。當時，胡適就對這位比自己小十一歲的伴娘頗有好感，而曹誠英也十分景仰大名鼎鼎的年輕學者胡適，她遂開始寫信給胡適，請胡適指導她寫詩和修改詩作。

一九一九年，曹誠英嫁給與自己指腹為婚的胡冠英❸，但新婚不久後，曹誠英隨即離開家鄉績溪，於杭州女子師範學校就讀。不料，她在杭州讀書的這段期間，曹誠英的婆婆竟然以她與胡冠英結婚三年，都還未有身孕為由，替胡冠英納妾。這使得接受過新思潮洗禮的曹誠英非常生氣，憤而提出離婚。

一九二三年四月，胡適來到上海參加新學制課程起草委員會的會議。在休會期間，胡適到杭州遊玩五日，順便看望已經離婚的曹誠英。這段日子，曹誠英始終陪伴其左右，加深兩人的感情。臨別之時，胡適曾寫下〈西湖〉一詩，詩中寫道：「輕霧籠著，月光照著，我的心也跟著湖光微蕩了。前天，伊未免太絢爛了，我們只好在船篷陰處偷覷著，不敢正眼看伊了，聽了許多毀謗的話而來，這回來了，只覺得伊更可愛，因而不捨的，匆匆就離開了。」這首詩明寫西湖，實則暗喻曹誠英。

爾後，兩人書信不斷，胡適將曹誠英喚作「表妹」，而曹誠英則稱呼他為「糜哥」，兩人深陷對方的綿綿情意之中。難忍思念的胡適在下次的新學制課程起草委員會會議結束後，再度來到杭州，暫居於煙霞洞❹。當時，就學中的曹誠英正好在放暑假，她便以陪伴胡適養病為名，到煙霞洞與胡適同居。這段時間的陪伴與相處，讓他們的感情迅速升溫。胡適後來還寫下三首白話詩，紀念這段甜美的日子：

〈秘魔崖月夜〉

依舊是月圓時，

依舊是空山，靜夜，

我獨自月下歸來❺，
這淒涼如何能解。
翠微山上的一陣松濤❻，
驚破了空山的寂靜。
山風吹亂了窗紙上的松痕❼，
吹不散我心頭的人影。

〈多謝〉

多謝你能來，
慰我山中寂寞，
伴我看山看月，
過神仙生活。
匆匆離別又經年，
夢裡總相憶。
人道應該忘了，
我如何忘得了？

〈也是微雲〉

也是微雲，也是微雲過後月光明，
只不見去年的遊伴，只沒有當日的心情。
不願勾起相思，不敢出門看月；
偏偏月進窗來，害我相思一夜。

數月之後，胡適回到北京。此事的後續發展，在胡適的兩位安徽績溪同鄉——石原皋與汪靜之——所撰寫的二書中可略窺一二：

第一本為石原皋的《閒話胡適》，書中說到江冬秀與胡適二人，經常為胡適與曹誠英的這段婚外情吵架。某天，石原皋親眼看見，江冬秀拿起裁紙刀，就朝著胡適的臉上擲去，所幸並未擲中，在場的石原皋便趕緊將兩人拉開。

第二本則是汪靜之的《六美緣》，裡面寫道：「他們在煙霞洞裡住了二、三月，又在杭州、上海二地往返，住了二、三月。適之師回北京，向冬秀提出離婚，冬秀到廚房裡拿了一把菜刀來說：『兩個兒子是我生的，殺了兒子再和你離婚！』結果離婚不成。只能像牛郎織女一樣，每年適之師南下，在杭州，或上海，或南京，與佩聲相會二次❽。」

最終，胡適仍然選擇安於自己的家庭，與曹誠英的感情遂無疾而終。

一九二五年，曹誠英從杭州女子師範學校畢業，經胡適舉薦[9]，進入位於南京的東南大學農科就讀，畢業後便留校任教。在這段時間，若胡適因公出差到南京，他便會與曹誠英相聚，有時兩人還會一起住上幾天，但都為時不長。

一九三四年，曹誠英將她撰寫的一篇學術論文，發表到美國的學術期刊上。胡適聽聞此事，便與國立東南大學一同作為推薦人，推薦曹誠英到胡適的母校康乃爾大學進修。曹誠英即將啟程前，胡適還特地寫信給在美國的韋蓮司，請她多多關照曹誠英，而韋蓮司也確實極盡全力地照顧曹誠英。

一九三七年，曹誠英從康乃爾大學畢業，獲得碩士學位。她在回國後，於安徽大學農學院擔任教授，成為中國農學界第一位女教授。

一九三八年，胡適前往美國擔任中華民國駐美大使。此後的兩年內，胡適與曹誠英之間，音訊斷絕。為情所困的曹誠英一度想要出家，後經其兄長與好友的苦勸，才終於打消出家的念頭。隔年七夕，曹誠英寫下《鵲橋仙》一首，寄給遠在美國的胡適：「孤啼孤啼，倩君西去[10]，為我殷勤傳意。道她末路病呻吟，沒半點生存活計。忘名忘利，棄家棄職，來到峨眉佛地。慈悲菩薩有心留，卻又被恩情牽繫。」

一九四三年，曹誠英到復旦大學農學院任教，又託人帶給胡適《虞美人》一首：「魚沉雁斷經時久，未悉平安否？萬千心事寄無門，此去若能相遇說他聽。朱顏青鬢都消改，惟剩痴情在。廿年孤苦月華知，一似棲霞樓外數星時。」

一九七三年，曹誠英因肺癌病逝於上海。她臨終前曾留下遺言，希望將她安葬在績溪縣上莊鎮旺川村楊林橋旁，只因為該處是胡適回鄉的必經之路。曹誠英最後的希望，便是自己至少能以這種方式見到她等候一輩子的胡適。但曹誠英並不知曉——當時，胡適早就已經先她而去。

胡適與韋蓮司、曹誠英的兩段感情，成為他生命中最美麗的插曲。然而，與胡適相伴一生的人，仍舊只有他的妻子——江冬秀。

江冬秀雖然出身鄉村，僅受過私塾教育，與韋蓮司、曹誠英這等新時代女性相去甚遠。不過其個性豪爽大度又幽默有趣，與胡適的好友都能相處得宜，如中華民國外交部長葉公超曾來到胡適家中，一進門就叫嚷：「皮帶忘帶——」江冬秀便笑著說：「找條麻繩給你吧！」

加上，江冬秀燒得一手好菜，每當胡適的好友來到家中做客時，她都能端出美味豐盛的佳餚，讓胡適做足面子；以及她在與胡適結婚後，都能夠獨自打理家務，將全家照顧得服服貼貼，讓胡適得以全心投入在學問上，無後顧之憂。

而面對愛書成癡的胡適，江冬秀雖然曾經說道：「適之造的房子，給活人住的地方少，給死人住的地方多。這些書，都是死人遺留下來的東西。」但其實，她深知這些書籍對於丈夫有多麼重要的價值。一九三七年，中日戰爭爆發，江冬秀獨自領著孩子們避難，途中還不忘將胡適的七十箱書，從北京帶到天津，後來又帶到上海，使胡適的藏書完整地保存下來。胡適得知此事後，立即寫信給江冬秀，說道：「北平出來的書生[11]，都沒有帶書，只有我的七十箱書全出來了。這都是你一個人的大功勞。」也讓韋蓮司都不禁向胡適讚嘆道：「我一直景仰著你的太太，她把你的藏書照顧得那麼好！還有她對你的忠貞。」

因此，胡適其實是非常重視與感念江冬秀這位賢內助的，像是胡適曾提出新「三從四德」——「太太出門要跟從，太太命令要服從，太太說錯了要盲從；太太化妝要等得，太太生日要記得，太太打罵要忍得，太太花錢要捨得」，顯見胡適是十分疼惜妻子的。

後來，胡適待在美國的期間，請人修建家鄉的祖墳。因為胡適人在他鄉，他遂交由江冬秀負責主持。落成之後，胡適撰寫碑文：「兩世先塋，於今始就。誰成其功，吾婦冬秀。」寥寥十六字，在在顯露出胡適對江冬秀的敬愛之情，也可以知道胡適與江冬秀的婚姻確實是幸福的。

晚年的胡適與江冬秀過著兩人平淡的老夫老妻生活，讓身為胡適好友的現代著名女性小說家張愛玲不禁感嘆道：「他們是舊式婚姻罕有的幸福的例子。」

註釋

❶約翰．彌爾：英國著名哲學家、經濟學家、十九世紀的古典自由主義代表。
❷尺牘：本指古代書寫用的木簡，後借指書信。
❸指腹為婚：一種古代婚俗，雙方家長為尚在腹中的兒女訂下婚約。
❹煙霞洞：位於浙江省杭州市西湖區南高峰西側。
❺月下歸：出自唐代著名詩人李白五言詩〈下終南山過斛斯山人宿置酒〉：「暮從碧山下，山月隨人歸。」
❻翠微山：位於北京西山東麓的名山，因明代「翠微公主」葬於此而得名。松濤：山坡上，大片的松樹被風吹動時，所產生像一波波海浪撞擊的聲音。
❼松痕：指松樹枝條的影子。
❽佩聲：即曹誠英，佩聲為其字。
❾舉薦：推舉引薦。
❿倩：請他人代為做事。
⓫北平：北京的舊稱。

04

胡適之新文學思想

新文學開端——〈文學改良芻議〉
現代白話新詩鼻祖——《嘗試集》

一九一七年一月，當時就讀於哥倫比亞大學的胡適，為自己主編的《留學生季報》寫下〈文學改良芻議〉一文，同時發表到倡導科學與文學改革的《新青年》雜誌上❶。

胡適在〈文學改良芻議〉中，指出舊文學的弊端，也提出文學改良須從「八事」入手：

一、須言之有物。
二、不摹倣古人❷。
三、須講求文法。
四、不作無病之呻吟。
五、務去濫調套語❸。
六、不用典。
七、不講對仗。

八、不避俗字、俗語。

細看這八項主張——第一項「須言之有物」，所謂的「物」即情感與思想，指出文學的內容應具備情感與思想，反對傳統的「文以載道」；第二項「不摹倣古人」，旨在申明「文學是進化的」；第三項「須講求文法」，說明創作須符合語言規律；第四項「不作無病之呻吟」，主張文學內容應該積極、健康，並且必須是真實的；第五項「務去濫調套語」，則主張文學的語言要求真、求新；第六項「不用典」，表明不用狹僻之典；第七項「不講對仗」，指出應解除文章、詩歌格式上的約束；第八項「不避俗字、俗語」，認為以白話為文學之正宗，主張今日作文、作詩，宜用俗語、俗字，並將文言文稱為死文字。

其實，以上所述的八事，說是改良，實為「廢舊立新」。不過，〈文學改良芻議〉關於「提倡白話文，反對文言文；提倡新文學，反對舊文學」的主張，確實成為文學改革的最佳推手，開啟「新文化運動」的序幕。

同年十月，胡適再度於《新青年》雜誌發表〈談新詩〉一文，文中稱當時出現的白話詩為「新詩」，取自與「舊詩」相對的意思。該文主張「形式自由」，打破五言、七言的限制，不需講究平仄，並廢除押韻。在內容上，提出意境與題材要有新意，將「樂觀的精神」放入詩中。而此篇〈談新詩〉還曾被近代中國著名詩人、散文家朱自清譽為「詩的創造和批評的金科玉律」。

隨後，胡適以白話文翻譯美國近代女詩人蒂斯黛爾的知名詩作，並刊載於《新青年》上。其詩名為〈關不住了〉，胡適稱此詩為「我的新詩成立的新紀元」。

一九一八年一月，胡適參與《新青年》雜誌的編輯。四月，胡適又發表〈建設的文學革命論〉一文，此文明確地提出以「國語的文學，文學的國語」作為文學改革的宗旨，並指出：「我們所提倡的文學革命，只是要替中國創造一種國語的文學。有了國語的文學，方才可有文學的國語；有了文學的國語，我們的國語才可算得真正國語……『死文字決不能產出活文學』。中國若想有活文學，必須用白話，必須用國語，必須作國語的文學。」而此文中主張的「國語的文學，文學的國語」，更被知名文學史家鄭振鐸譽為「文學革命最堂皇的宣言」。

一九一九年五月，爆發五四運動❹，當時全國瀰漫著一片「反傳統、求改革」的呼聲，進一步推助新文化運動的發展。七月，胡適接辦《每週評論》刊物，發表〈多研究些問題，少談些主義〉一文，他指出——「現在輿論界的大危險，就是偏向紙上的學說，不去實地考察中國今日的社會需要究竟是什麼東西」。

此文使得《每週評論》創辦人李大釗發表〈再論問題與主義〉回應道：「我們的社會運動，一方面固然要研究實際問題，一方面也要宣傳理想的主義。」他針對胡適關於「根本解決」的觀點，指出——「必須有一個根本的解決，才有把一個一個的具體問題都解決了的希望」。他們各自闡述自己的觀點和立場，在當時的學術界引起「問題與主義論戰」。

一九二〇年，胡適發表《新青年》雜誌上第一篇以白話寫成的詩集《嘗試集》，同時也是中國新文學史上的第一部白話詩集。《嘗試集》創作開始於一九一六年七月，詩集內容共分三編，第一編寫於留美期間，大多是脫胎於舊詩詞的作品；第二、三編寫於胡適歸國後，在自由詩體的運用和音韻節奏的改革等方面做了嘗試；最後附錄有《去國集》，為胡適在一九一六年前所作的文言詩詞。

胡適曾說道：「既已自誓將致力於其所謂『活文學』者，乃刪定其六年以來所為文言之詩詞，寫而存之，遂成此集。名之曰『去國集』。」由此可知，《去國集》既算是胡適對過去的告別，也讓讀者得以透過《去國集》瞭解胡適思想演進的背景。

雖然《嘗試集》作為第一部現代白話詩集，其詩作大多仍屬「試驗」的性質，尚未成熟。然而，從文學史的意義上看，《嘗試集》確實為中國現代文學史上不可多得的一部經典。當時，《嘗試集》的出版更帶動出寫作新詩的風潮，許多詩人開始效仿胡適的白話詩體，形成中國現代文學史上的第一個流派——「嘗試派」。

一九二二年，白話新詩取得卓越的成績，如現代著名文學家郭沫若出版新詩史上的代表作品《女神》，中國現代女作家冰心也在上海《時事新報》刊登其新詩。這些作品已經擺脫舊體詩詞的束縛，成為真正的自由體白話新詩。

新詩的發展已漸趨成熟，是以停留在試驗階段的《嘗試集》即將再版時，胡適曾思考：「究竟這本小冊子有沒有再版的需要？」後來，他認為《嘗試集》還是有兩點價值的——一是「含有點歷史的興趣」；二是「我這幾十首詩代表二、三十種音節上的試驗，也許可以供新詩人的參考」。

此處所指的「歷史的興趣」，胡適說明道：「從第一編〈嘗試篇〉、〈贈朱經農〉、〈中秋〉等詩，變到第二編的〈威權〉、〈應該〉、〈關不住了〉、〈樂觀〉、〈上山〉等詩；從那些接近舊詩的詩變到很自由的新詩——這一個過渡時期在我的詩裡最容易看得出。第一編的詩，除了〈蝴蝶〉和〈他〉兩首之外，實在不過是一些刷洗過的舊詩。作到後來的〈朋友篇〉，簡直又可以進《去國集》了！

「第二編的詩，雖然打破了五言、七言的整齊句法，雖然改成長短不整齊的句子，但是初作的幾首，如〈一念〉、〈鴿子〉、〈新婚雜詩〉、〈四月二十五夜〉，都還脫不了詞、曲的氣味與聲調。在這個時期裡，〈老鴉〉與〈老洛伯〉要算是例外的了。就是七年十二月的〈奔喪到家〉詩的前半首，還只是半闕添字的〈沁園春〉詞。故這個時期——六年秋天到七年年底——還只是一個自由變化的詞調時期。自此以後，我的詩方才漸漸作到「新詩」的地位。」

「〈關不住了〉一首是我的『新詩』成立的紀元。〈應該〉一首，用一個人的『獨語』寫三個人的境地，是一種創體；古詩中只有〈上山採蘼蕪〉略像這個體裁。以前的〈你莫忘記〉也是一個人的『獨語』，但沒有〈應該〉那樣曲折的心理情境。自此以後，〈威權〉、〈樂觀〉、〈上山〉、〈週歲〉、〈一顆遭劫的星〉都極自由、極自然，可算得我自己的『新詩』進化的最高一步。」

從胡適的說明可以瞭解《嘗試集》是文言舊體詩向白話新體詩過渡的特徵及意義。而「音節上的試驗」亦為《嘗試集》的重要突破，胡適在文中更表明：「凡能充分表現詩意的自然曲折、自然輕重、自然高下的，便是詩的最好音節。」

透過以上的說明，可以得知《嘗試集》的成就大多是在開創新詩先河與作為新文學發展的里程碑，並且使胡適被尊為「中國新詩開山祖」。如著名作家余光中所言：「胡適等人在新詩方面的重要性也大半是歷史的，不是美學的。」文史學家陳子展也曾說道：「《嘗試集》的『真價值』主要在於『予人放膽創作的勇氣』，以及從中體現的『前空千古，下開百世』的先驅者的精神。」

《註釋》

❶《新青年》：由新文化運動領袖之一的陳獨秀，於上海所創辦的雜誌，旨在倡導科學與文學改革，後期成為中國共產黨的宣傳刊物。

❷摹：模仿。倣：同「仿」，仿效、學習。

❸濫調套語：陳腐、缺乏新意的論調。

❹五四運動：一九一九年五月四日，中華民國北洋政府時期，民間興起一場以青年學生為主的示威遊行、請願、罷課、罷工行動。此事件起因於第一次世界大戰結束後舉行的巴黎和會，中國與日本雖然同為戰勝國，但會中各國仍罔顧中國權益，將戰敗國德國在中國山東的租借地轉讓給日本。這使得民間不滿政府未能捍衛國家權益，因而上街遊行以表達不滿。廣義五四運動則指自一九一五年中國與日本簽訂《對華二十一條要求》，到一九二六年北伐戰爭期間，中國知識份子與青年學生受新文學運動影響，開始反思傳統文化，並追隨「德先生」（「民主」的英文）和「賽先生」（「科學」的英文）的思想改革運動。

05

胡適之人權與民主

人權運動的開始——〈人權與約法〉

愛國與民主主張——為國出使與奔走

一九二〇年，胡適提出《新青年》應「聲明不談政治」的主張，遭到其他《新青年》參與者陳獨秀、李大釗、魯迅等人的反對，於是他便離開了《新青年》雜誌。爾後，胡適至南京高等師範學校講學。

一九二一年，胡適回到北京，此時的《新青年》內部已經出現分裂。當時，《新青年》主編陳獨秀寫信給胡適，承認《新青年》政治色彩過於鮮明，以後會著重在哲學與文學上，希望胡適能在《新青年》上多發表些文章。但陳獨秀對於胡適注重學術、思想、藝文方面的改革，以及「聲明不談政治」的意見，仍是不能接受。

之後，《新青年》雜誌的據點搬遷到上海，在北京的文人認為當地需要重新創辦一個刊物，以繼續發表他們的政治主張，因此胡適與近代教育家蔣夢麟等人成立「努力會」。隔年五月，《努力週報》創刊，在該週報的第二期，胡適與北京大學校長蔡元培、中國著名教育家陶行知、現代思想家梁漱溟等人發表〈我們的政治主張〉一文，提出其政治改革的目標：「公認『好政府』一個目標，作為現在改革中國政治的最低限度的要求。」

一九二七年，胡適與徐志摩、聞一多、梁實秋等著名作家成立「新月書店」，隔年創辦《新月》月刊，提倡「健康」、「尊嚴」、「普通的人性」等文學主張，並催生出著重現代格律詩的「新月派」。新月派在提倡現代詩歌格律化的同時，強調對詩歌語言、辭彙的運用，以及詩歌創作需要體現「文學美」的意境，因此又被稱為「新格律詩派」。

一九二九年三月，當時的執政黨中國國民黨，召開第三次全國代表大會。會中，上海特別市黨部代表陳德徵提出《嚴厲處置反革命份子案》❶，此案指出現有法院太拘泥於證據，往往使「反革命份子」成為漏網之魚。是以，陳德徵提議：「凡經省黨部及特別市黨部書面證明為反革命份子者，法院或其他法定之受理機關應以反革命罪處分之。如不服，得上訴。惟上級法院或其他上級法定之受理機關，如得中央黨部之書面證明，即當駁斥之。」

同年四月二十日，中華民國國民政府下達一道保障人權命令，全文為：「世界各國人權均受法律之保障。當此訓政開始，法治基礎亟宜確立❷。凡在中華民國法權管轄之內，無論個人或團體均不得以非法行為侵害他人身體、自由及財產。違者即依法嚴行懲辦不貸。」

之後，胡適便針對《嚴厲處置反革命份子案》與該道保障人權命令，於《新月》雜誌發表〈人權與約法〉一文，首先指出保障人權命令的缺點——

第一，這道命令認「人權」為「身體、自由、財產」三項，但這三項都沒有明確規定。就如「自由」究竟是哪幾種自由？又如「財產」究竟受怎樣的保障？這都是很重要的缺點。

第二，命令所禁止的只是「個人或團體」，而並不曾提及政府機關。個人或團體固然不得以非法行為侵害他人身體自由及財產，但今日我們最感覺痛苦的是種種政府機關或假借政府與黨部的機關侵害人民的身體自由及財產。

如今日言論出版自由之受干涉，如各地私人財產之被沒收，如近日各地電氣工業之被沒收，都是以政府機關的名義執行的。四月二十日的命令，對於這一方面完全沒有給人民什麼保障。這豈不是「只許州官放火，不許百姓點燈」嗎？

第三，命令中說：「違者即依法嚴行懲辦不貸。」所謂「依法」是依什麼法？我們就不知道今日有何種法律可以保障人民的人權。中華民國刑法固然有「妨害自由罪」等章，但種種妨害若以政府或黨部名義行之，人民便完全沒有保障了。

文末再指出《嚴厲處置反革命份子案》命令法院不許審問，只憑黨部的一紙證明，便須定罪處刑。這豈不是根本否認法治了嗎？

除了對於政府在保障人權上的質疑外，胡適還感嘆道：「我那天看了這個提案，有點忍不住，便寫了封信給司法院長王寵惠博士。大意是問他，對於此種提議作何感想，並且問他：『在世界法制史上，不知在哪一世紀、哪一個文明民族曾經有這樣一種辦法，筆之於書，立為制度的嗎？』」

在此篇〈人權與約法〉發表後，隨即掀起社會對於人權問題的廣泛討論。而〈人權與約法〉便標誌著「人權運動」的開始，胡適更成為中國人權思想、自由主義的推手。隨後胡適又發表〈我們什麼時候才可有憲法——對於建國大綱的疑問〉、〈知難，行亦不易——孫中山先生的「行易知難說」述評〉、〈新文化運動與國民黨〉等文。

一九三〇年，胡適與兩位《新月》編輯羅隆基、梁實秋將自身所撰寫的人權問題相關文章，結集成《人權論集》，交由新月書店出版。雖然後來被國民政府查禁，但社會大眾對人權與自由的重視已無法遏止。

一九三二年，胡適任國立北京大學文學院院長兼中國文學系主任，並邀集蔣廷黻、丁文江、傅斯年、翁文灝等文史學家創辦《獨立評論》雜誌，發刊詞為：「我們把這刊物叫做《獨立評論》，因為我們都希望永遠保持一點獨立的精神。不倚傍任何黨派，不迷信任何成見，用負責的言論發表各人思考的結果：這是獨立的精神。」

一九三七年七月七日，盧溝橋事變爆發，中日戰爭全面爆發。同年九月，胡適以「國民政府特使」的身分遠赴歐美遊說演講，宣傳中國抗戰。臨行前，胡適在日記中寫道：「我獨自走到外邊，坐在星光下，聽空中我們的飛機往來，心裡真有點捨不得離開這個有許多朋友的首都。」

一九三八年，胡適突然接到國民政府軍事委員會委員長蔣中正的電報❸，要求他出任「駐美大使」。而蔣中正的初衷其實是想利用胡適在美國的影響力，促使美國改變對於中日戰爭的中立態度，同時尋求美國的援助。胡適雖然對此任命略感猶豫，但在蔣中正的一再催促下，他還是決定前往美國，就任「駐美大使」一職。

當時，《大公報》雜誌發表胡適摯友張季鸞執筆的社評〈胡大使抵美〉，文中說道：「胡適之先生之受命為大使，及其本人之肯於擔任，這都是平日想像不到的事。這個問題本身，就象徵著中國是在怎樣一個非常時期。同時可以看出政府期待於他及他自己所期待的任務是怎樣地重大。」

不過胡適最初在美求援時，並不順遂。當時美國瀰漫著濃烈的孤立主義，不願為了中國而捲入戰爭當中。當時，接受國民政府委派、遠赴美國進行談判的陳光甫記錄道：「美國國務院內暮氣沉沉❹，只以保全個人地位為目標，其他概非所計，欲求其出力援華，殆如登天之難，能不從中阻撓已屬萬幸矣。因此又憶及美國務院之遠東司長賀伯克，此君老氣橫秋，以一動不如一靜為妙策，彼對適之講話有如老師教訓學生，可見做大使之痛苦也。」

因此，為推動美國支持中國抗戰，胡適從一九三八年九月任職，到一九四二年九月卸任的四年間，到處奔波、宣傳、演講。他在各種集會上發表演說，力陳中國抗戰的意義，試圖打破美國濃重的孤立主義情緒。

而胡適為自己國家四處奔走的苦心，漸漸獲得各界的重視與幫助。當時的《紐約時報》曾評論胡適道：「重慶政府尋遍中國全境，可能再也找不到比胡適更合適的人物……他所到之處，都能為自由中國得到支持。」

然而，因為胡適在為國家奔波之餘，還必須鑽研自身的學問，因此他常疏於應酬接待，對許多赴美的國民政府官員多有招待不周之處，引起了不小的反彈。是以，在當時國民政府行政院長孔祥熙的唆使下，國民政府內部掀起「倒胡」風潮。加上，太平洋戰爭爆發，胡適認為促使美國參戰的任務已經完成，他便逐漸萌生去意。

一九四二年三月至五月，胡適在美國與加拿大兩地間舉行了百餘場演說。某日，他回到居所後，頓覺精疲力竭，加上心臟病加重，去意漸增。同年八月，胡適終於獲得免職電報，他當晚便致電國民政府：「蒙中樞重念衰病，解脫職務，十分感激。」雖然美國各界對其離任依依不捨，如《紐約時報》曾說道：「除非國內另有高職等待他，否則此項免職絕對是一項錯誤。」不過，在胡適自己看來，卸任對他而言的確是一種解脫。

一九四二年九月，胡適離開在華盛頓的居所後，移居紐約。不過，卸任後的他仍然繼續在美國各地演講，並且胡適還曾在哈佛大學進行六次演講。其演講次數之多，聽眾人數之廣，成為美國各界都認識的中國文化大使。這段日子實為胡適在美國最風光的時期，當時的他於全美各地的影響力，在中國人中可以說是空前絕後的。

一九四三年，胡適應聘為「美國國會圖書館東方部名譽顧問」。隔年，他開始在哈佛大學講述中國思想史。

一九四五年，胡適出任「中華民國政府代表團代表」，赴美國舊金山出席聯合國制憲會議；並且以「中華民國政府代表團首席代表」的身分，前往英國倫敦出席聯合國教科文組織會議，制訂該組織的憲章。

一九四六年七月，胡適歸國，重執教鞭，任「北京大學校長」。年底，胡適以「國民大會主席團主席」身分，出席制憲國民大會，參與為期一個月的制憲事宜。十二月二十五日，制憲國民大會三讀通過「中華民國憲法」，象徵中華民國將正式邁入憲政時期。

一九四七年，蔣中正曾經想要邀請胡適，出任「考試院院長」和「國民政府委員會委員」❺，卻遭胡適婉拒。

一九四八年，蔣中正認為《中華民國憲法》明言，政府的實權是屬於內閣的，中華民國總統應為虛位，所以請公正人士出任總統一職較為妥當。於是，他便打算邀請無黨籍的胡適競選總統一職，且希望所屬政黨中國國民黨支持。等胡適當上總統之後，再讓胡適任命自己為行政院院長。蔣中正當時的這項提議還曾獲得胡適的同意。

後來，蔣中正召開中國國民黨第六屆中央執行委員會臨時全體會議，討論總統、副總統的提名問題，他在會議上宣布自己已經決定不參加總統的競選，希望中國國民黨能推選黨外人士作為候選人。而且，候選人需要具備下列條件——一、富有民主精神。二、對中國之歷史文化有深切之瞭解。三、對憲法能全力擁護，並忠心實行。四、對國際問題、國際大勢，有深切之瞭解及研究。五、忠於國家，富於民族思想。這五項條件，顯而易見是為胡適量身訂做的。

蔣中正還特別強調這是自己經歷數月以來的深思熟慮，基於形勢所得出的結論。並且，他又說道：「今日宜以黨國為重，而不計較個人得失，以達成中國國民黨數十年來為民主憲政奮鬥之本旨」。然而，推舉胡適出任總統一事，最後仍是因為黨內普遍支持蔣中正競選總統一職作罷。

註釋

❶反革命份子：此處指與中華民國政府當局對立的人。

❷亟：急切、急迫。

❸國民政府軍事委員會：為一九二五年至一九四六年，由中國國民黨所主導的中華民國國民政府最高軍事機關。

❹暮氣沉沉：形容精神頹廢、不能振作的樣子。

❺國民政府委員會：為中華民國國民政府的最高決策機關，擁有選任國民政府行政院內閣、立法院、司法院、軍事委員會委員等重要機構的權力。此委員會於一九四八年《中華民國憲法》正式施行後終止。

06 胡適之晚年與辭世

胡適的桑榆晚景——擁抱「民主」與「自由」
新文化中舊道德的楷模，舊倫理中新思想的師表

一九四八年十一月，正值國共內戰之際❶，中國人民解放軍兵臨北京❷，在南京的蔣中正急電北京大學秘書長鄭天挺❸，令他迅速組織胡適等知識份子盡速南下，共商圖存大計。但身為校長的胡適以籌備北京大學五十週年校慶為由，不肯離開北京。當時，北京開始流傳北京大學即將南遷的謠言，胡適為安撫師生情緒，在積極籌備校慶活動的同時，再三闢謠道：「北京大學如果離開，就不能稱為北京大學了，所以絕無搬遷之理。」不過面對中國人民解放軍的步步進逼，胡適內心確實正面臨著煎熬的抉擇——是留，還是走？

有鑒於胡適作為中國政治界與學術界不可或缺的存在，中國共產黨也積極透過各種方式拉攏胡適，像是指派曾受胡適指點的學生吳晗與胡適進行交涉。但胡適面對吳晗的攏絡，他僅冷冷地回了一句：「不要相信共產黨的那一套！」最後，胡適更斬釘截鐵地說道：「在蘇俄❹，有麵包沒有自由；在美國，又有麵包又有自由；他們來了，沒有麵包也沒有自由。」

吳晗知道胡適的心意已決，遂放棄勸說，但中國共產黨仍不死心，繼續以其他的方法進行拉攏。據時任北京大學教授季羨林回憶：「我到校長辦公室去見胡適，商談什麼問題。忽然走進來一個人──我現在忘記是誰了，告訴胡適說，解放區的廣播電台昨天夜裡有專門給胡適的一段廣播，勸他不要跟著蔣中正集團逃跑，將來讓他當北京大學校長兼北京圖書館館長。我們在座的人聽了這個消息，都非常感興趣，都想看一看胡適怎樣反應。

「只見他聽了以後，既不激動，也不愉快，而是異常平靜，只微笑著說了一句：『他們要我嗎？』短短的五個字道出了他的心聲。看樣子他已經胸有成竹，要跟國民黨逃跑。但又不能說他對共產黨有刻骨的仇恨。不然，他決不會如此鎮定自若，他一定會暴跳如雷，大罵一通，來表示自己對國民黨和蔣介石的忠誠。我這種推理是不是實事求是呢？我認為是的……因此，說他是美國帝國主義的走狗，說他一生追隨國民黨和蔣介石，都是不符合實際情況。」

同年十二月，胡適接到中華民國政府教育部部長朱家驊親自拍發的密電：「明天派專機到平接你與陳寅恪一家來京❺。」胡適才定下決心離開北京。

臨行前，胡適留下了一張便箋，給北京大學秘書長鄭天挺和文學院院長湯用彤等人：「我就毫無準備地走了。一切的事，只好拜託你們幾位同事維持。我雖在遠，決不忘掉北京大學。」這是胡適與自己傾注半生心血的北京大學最後的辭行，只是沒想到這一去，卻成永訣，胡適後來再也沒有回到令他夢牽魂繞的北京大學。

一九四九年四月，胡適應中華民國政府的要求，為和平解決國共內戰問題前往美國當說客，尋求美國政府的介入。四月二十一日，胡適剛抵達舊金山，便得知中華民國政府拒絕中國共產黨所提的二十四項要求。之後，中國人民解放軍渡過長江，南下攻陷位在南京的中華民國政府，兩方局勢已定。而胡適在美國的遊說也處處碰壁，孤臣已無力回天。

然而，亡國之痛雖然讓胡適悲痛不已，但他仍不放棄。胡適在美國發表〈共產黨統治下決沒有自由：跋所謂「陳垣給胡適的一封公開信」〉，此文申明中國在中國共產黨的統治之下，是絕對不會有學術思想自由的。

後來，胡適曾發表談話：「現在重要之事實，則為中國政府已拒絕投降，此非僅四萬萬人民之命運所繫，即全世界之命運，恐亦隨之決定。」不久，解放軍佔領南京，胡適仍舊說道：「不管局勢如何艱難，我始終是堅定地用道義支持蔣總統的。」

一九四九年年底，中國國民黨所領導的中華民國政府從中國撤退到台灣。

一九五〇年六月，當時美國對蔣中正喪失信心，希望建立一個第三勢力，用以對抗共產黨的擴張。美國當局遂派遣主管亞太事務的美國助理國務卿戴維．迪安．魯斯克約見胡適，試圖說服胡適出面籌組流亡海外及台灣的反共親美人士，建立取代蔣中正的政權，不過胡適對此表示毫無興趣。

一九五二年，胡適和駐聯合國代表蔣廷黻曾有意聯合，共同組織中華民國政府的反對黨，以便在台灣推行民主政治。但此事於胡適返台和蔣中正討論時，遭到蔣中正的反對，組黨一事遂胎死腹中。

一九五四年，中國大陸掀起對胡適的反對思潮，該運動起因於作家俞平伯的《紅樓夢研究》一書。一九五二年，俞平伯的《紅樓夢研究》一書出版，受到當時文藝評論家李希凡、藍翎寫文批評，他們認為俞平伯的研究抹煞了《紅樓夢》的社會意義和歷史價值。隨後，中華人民共和國第一位最高領導人毛澤東發表〈關於紅樓夢研究問題的信〉一文❻，稱《紅樓夢研究》為「《紅樓夢》研究權威作家的錯誤觀點」。

自此，中國興起一場聲勢浩大的俞平伯《紅樓夢研究》反對思潮。後來，炮火轉向「新紅學」開山祖師胡適的《紅樓夢考證》，並且稱胡適為「實用主義的鼓吹者」、「洋奴買辦文人」、「馬克思主義的敵人」。

而導致中國這波批判胡適運動的原因，除了俞平伯《紅樓夢研究》這條導火線外，胡適研究會會長耿雲志亦有所說明：「胡適這個人既具有中國忠恕，儒家講這個忠恕之道，又有西方的這種紳士的修養，他從來不惡語傷人，從二十年代開始，青年學生、左派作家不斷地用各種非常激烈、惡毒的字眼來罵他，他從來不回罵；魯迅寫那麼多罵他的文章，他從來不回答，共產黨這麼批判他，他也沒有對毛澤東、對中共講非常難聽的話。

「我的記憶中，胡適講的可能最令毛澤東生氣的一句話——他有一次答記者問，記者說：『毛澤東當時在北京大學做事，毛澤東是不是你的學生？』胡適說：『他不是我的學生，他當時只是在北京大學圖書館做事。』完了，他下面加了一句，這句話我想是他一生裡，講的最有失紳士風度的一句話。

「他說：『按照毛澤東當時的水平，他考北大是考不上的。』我估計這個話有可能傳到毛澤東的耳朵裡，所以毛澤東非常決斷地發動一場全國規模的徹底批判胡適的運動。」

而當時遠在美國的胡適，聽說中國正轟轟烈烈地對他展開批判後，他只輕輕地笑了笑，說道：「這些謾罵的文字，也同時使我感到愉快和興奮。因為，我個人四十年來的一點努力，也不是完全白費的。畢竟留下了大量的毒素，這種毒素對於馬列主義好比瘟疫❼，還發生抗毒和防腐的作用。」

一九五五年，位於北京的三聯書店出版了八大本《胡適思想批判論文彙編》，胡適竟然還認真地搜集起這些文字，並興致濃厚地進行批註。

一九五七年，胡適當選中華民國最高研究機構——中央研究院的院長，並於隔年四月回到台灣定居，就任中央研究院院長，此後時常往返台、美兩地。

一九五九年，胡適撰寫〈自由與容忍〉一文，表達「容忍比自由更重要」，他甚至主張台灣必須出現一個反對黨，以制衡執政黨。

一九六〇年三月，時任中華民國總統的蔣中正，其第二屆總統任期即將屆滿。是以，蔣中正為突破《憲法》對於總統的連任限制，便修改《動員戡亂時期臨時條款》❽，凍結《憲法》對於總統連任的限制。然而，蔣中正此舉明顯違憲。這使得《自由中國》雜誌負責人雷震、創辦初期發行人胡適、第一任官派台北市市長高玉樹、台灣省議員李萬居等人共同連署，反對蔣中正違背《中華民國憲法》三度連任總統。

一九六〇年五月，《自由中國》發表〈我們為什麼迫切需要一個強有力的反對黨〉一文，鼓吹「成立反對黨參與選舉」以制衡執政黨。之後，雷震開始籌備「中國民主黨」的組黨事宜，胡適雖未參與，但仍多有鼓勵。

同年九月一日，《自由中國》刊出國立台灣大學哲學系教授殷海光執筆的社論〈大江東流擋不住〉，聲言組黨就像是民主潮流一樣，是無法被阻擋的，此言論觸及當局政府的底限。四日，台灣警備總司令部以涉嫌叛亂罪，將雷震等人逮捕。隨後雷震在軍事法庭上被以「為匪宣傳」、「知匪不報」罪名，判處十年徒刑。中國民主黨也因而宣告組黨失敗，《自由中國》雜誌社宣告解散。

當時在美國的胡適得知此一消息後，隨即向時任行政院院長的陳誠發出電報，說道：「今晨此間新聞廣播雷震等被逮捕之消息，且明說雷是主持反對黨運動的人。鄙意政府此舉甚不明智，其不良影響所及可預言者：一則國內外輿論必認為雷等被捕，表示政府畏懼並挫折反對黨運動；二則此次雷等四人被捕，《自由中國》雜誌當然停刊，政府必將蒙『摧殘言論自由』之惡名；三則在西方人士心目中，『批評政府』與『謀成立反對黨』皆與叛亂罪名絕對無關……」

一九六〇年十一月，胡適自美國返回台灣時，即刻面見蔣中正，為雷震求情。胡適表示政府逮捕雷震的處置相當不恰當，雷震應該交由司法公開偵查、審理。而蔣中正聽完之後，只回應道：「胡先生同我向來是感情很好的。但是這一兩年來，胡先生好像只相信雷儆寰❾，不相信我們政府。」

於是，胡適只得回道：「這話太重了，我當不起……十年前總統曾對我說，如果我組一個反對黨，他不反對，並且可以支持我，總統大概知道我不會組黨的。但他的雅量，我不會忘記。」

最後，胡適雖然多次設法營救雷震，卻都沒有成功。他只親筆寫下一首南宋詩人楊萬里的詩作〈桂源鋪〉饋贈雷震，以此詩表達自己對雷震的欽佩與敬重，全詩內容為：「萬山不許一溪奔，攔得溪聲日夜喧，到得前頭山腳盡，堂堂溪水出前村。」

一九六一年，胡適參加台灣大學校長錢思亮的宴會，他剛一抵達便感覺到身體不適，馬上被送往醫院。在抵達醫院後，胡適不幸被診斷出冠狀動脈栓塞症與狹心症，他在住院二個月後返家休養，但胡適的身體已日漸衰弱。

一九六二年二月二十四日，中央研究院舉行第五次院士會議。會議結束後，擔任院長的胡適負責主持酒會。在酒會上，胡適興奮地說：「各位朋友，今天是中央研究院遷台十二年來，出席人數最多的一次院士會議。令人高興的是海外四位院士也回國參加這次會議。中央研究院第一次院士是在大陸上選出來的，當時被提名的一百五十人，選出了八十一位；現在一部分是過去了，有的淪陷在大陸，只有二十多位在自由地區。中央研究院在此恢復時，只有十九位活著在台灣。」

接著，胡適又說道：「我去年在亞東區科學教育會議講了二十五分鐘的話，引起某些人的不滿，對我進行文字圍剿。我對這件事的看法是，不要去管它，那是小事體！小事體！我挨了四十年的罵，從來不生氣，並且歡迎之至，因為這是代表了自由中國的言論自由和思想自由。」

胡適還強調：「海外回國的各位，自由中國，的確有言論和思想自由。各位可以參觀立法院、監察院、省議會。立法院新建了一座會場，在那兒，委員們發表意見、批評政府，充分地表現了自由中國的言論自由。監察院在那個破房子子裡，一群老先生、老小姐聚在一起討論、批評，非常自由。還有省議會，還有台灣二百多種雜誌，大家也可以看看。從這些雜誌上表示了我們言論的自由。」話到此處，胡適開始感到不適，才把話打住。

酒會結束後，與會人士皆在歡笑中陸續離去。不料，胡適突然昏了過去，他的頭撞擊在桌角上，整個人摔倒在地上。在場的人都十分驚慌，甚至手足無措。

後來，雖然有醫生立即實行搶救，但是胡適仍然沒有甦醒過來。隔天，胡適移靈台北極樂殯儀館，並且設靈供人弔唁。當時，眾多人潮冒雨湧進台北市南京東路的極樂殯儀館，只希望能瞻仰一代學人胡適的遺容。到場的民眾，包括各階層的人士，以及外國友人，估計超過三萬人次。

蔣中正送來親筆書寫的輓額——「智德兼隆」，以及輓聯——「新文化中舊道德的楷模，舊倫理中新思想的師表」。陳誠也送來輓聯——上聯為「開風氣而為之師，由博涉融合新知，由實驗探求真理」；下聯則是「瘁心力以致於學，其節慨永傳寰宇，其行誼足式人群」。

美國、日本、越南、韓國、菲律賓、泰國、土耳其、約旦、秘魯等國都派遣代表參加胡適的公祭。公祭開始時，許多人悲痛欲絕，泣不成聲。結束以後，胡適的靈柩上覆蓋著北京大學的校旗，下葬在中央研究院對面的小山坡上。

之後，胡適於台北的故居改建為「胡適紀念館」。另外，台北市南港區當地士紳李福人，也捐出一片面積達兩公頃，位於中央研究院附近的個人私地，將之闢建為胡適公園，作為胡適的墓園，後來許多中央研究院院士與著名學者也安葬於此。

胡適的墓誌銘由知名學者毛子水撰文、書法與篆刻名家王壯為篆刻，全文內容為：「這是胡適先生的墓。生於中華民國紀元前二十一年，卒於中華民國五十一年。這個為學術和文化的進步，為思想和言論的自由，為民族的尊榮，為人類的幸福而苦心焦思，敝精勞神以致身死的人，現在在這裏安息了！我們相信形骸終要化滅，陵谷也會變易，但現在墓中這位哲人所給予世界的光明，將永遠存在。」

《註釋》

❶ 國共內戰：二十世紀時，中國國民黨領導的中華民國國民政府與中國共產黨之間的內戰。

❷ 中國人民解放軍：中國共產黨所建立的軍隊。

❸ 急電：緊急傳達的電報。

❹ 蘇俄：一九一七年，俄羅斯的蘇聯共產黨在取得政權後，開始實行共產主義政策。後來，吸收其他小國家成為加盟國，定名為蘇維埃社會主義共和國聯盟，簡稱蘇聯。

❺ 平：指北平，北京的舊稱。京：指南京。

❻ 中華人民共和國：國共內戰後，一九四九年十月一日，中國共產黨中央委員會主席毛澤東於北京宣布中華人民共和國正式成立。

❼ 馬列主義：即「馬克思列寧主義」，中國共產黨將此主義定為主要思想之一。

❽《動員戡亂時期臨時條款》：一九四八年，由中華民國政府所施行，內容為：「規定總統在動員戡亂時期，為避免國家或人民遭遇緊急危難，或應付財政經濟上重大變故，得經行政院會議之決議，為緊急處分，不受《憲法》第三十九條或第四十三條所規定程序之限制。」

❾ 雷儆寰：指雷震，其字儆寰。

第二章

胡適之經典名篇

01

文學改良芻議

文學改良八事：須言之有物、不摹倣古人、須講求文法、不作無病之呻吟、務去濫調套語、不用典、不講對仗、不避俗字與俗語。

今之談文學改良者眾矣，記者末學不文，何足以言此。然年來頗於此事再四研思，輔以友朋辯論，其結果所得，頗不無討論之價值。因綜括所懷見解，列為八事，分別言之，以與當世之留意文學改良者一研究之。

吾以為今日而言「文學改良」，須從「八事」入手。八事者何？

一曰，須言之有物。

吾國近世文學之大病，在於言之無物。今人徒知「言之無文，行之不遠」，而不知作品言之無物，又何用文為乎。吾所謂「物」，非古人所謂「文以載道」之說也。吾所謂「物」，約有二事——

一、情感

〈詩序〉曰：「情動於中而形諸言。言之不足，故嗟嘆之。嗟嘆之不足，故詠歌之。詠歌之不足，不知手之舞之足之蹈之也。」此吾所謂「情感」也。情感者，文學之靈魂。文學而無情感，如人之無魂，木偶而已，行屍走肉而已。（今人所謂「美感」者，亦情感之一也。）

二、思想

吾所謂「思想」，蓋兼見地、識力、理想三者而言之。思想不必皆賴文學而傳，而文學以有思想而益貴；思想亦以有文學的價值而益貴也。此莊周之文、淵明老杜之詩、稼軒之詞，施耐庵之小說，所以敻絕於古也❶。思想之在文學，猶腦筋之在人身。人不能思想，則雖面目姣好，雖能笑啼感覺，亦何足取哉？文學亦猶是耳。

文學無此二物，便如無靈魂、無腦筋之美人，雖有穠麗富厚之外觀，抑亦未矣。近世文人沾沾於聲調字句之間，既無高遠之思想，又無真摯之情感。文學之衰微，此其大因矣。此文勝之害，所謂言之無物者是也。欲救此弊，宜以質救之。質者何，情與思二者而已。

二曰，不摹倣古人。

文學者，隨時代而變遷者也。一時代有一時代之文學，周秦有周秦之文學；漢魏有漢魏之文學；唐宋元明有唐宋元明之文學。此非吾一人之私言，乃文明進化之公理也。即以文論，有《尚書》之文；有先秦諸子之文；有司馬遷、班固之文；有韓、柳、歐、蘇之文；有語錄之文；有施耐庵、曹雪芹之文，此文之進化也。

試更以韻文言之，擊壤之歌、五子之歌，一時期也；三百篇之詩，一時期也；屈原、荀卿之騷賦，又一時期也；蘇李以下，至於魏晉，又一時期也；江左之詩流為排比，至唐而律詩大成，此又一時期也；老杜、香山之「寫實」體諸詩（如杜之〈石壕吏〉、〈羌村〉，白之《新樂府》），又一時期也詩。

至唐而極盛，自此以後，詞曲代興。唐五代及宋初之小令，此詞之一時代也。蘇柳辛姜之詞，又一時代也。

至於元之雜劇傳奇，則又一時代矣。凡此諸時代，各因時勢風會而變❷，各有其特長。吾輩以歷史進化之眼光觀之，決不可謂古人之文學皆勝於今人也。左氏史公之文奇矣，然施耐庵之《水遊傳》視《左傳》、《史記》，何多讓焉；〈三都〉、〈兩京〉之賦富矣，然以視唐詩、宋詞，則糟粕耳。此可見文學因時進化，不能自止。唐人不當作商周之詩，宋人不當作相如、子雲之賦。即令作之，亦必不工，逆天背時，違進化之跡，故不能工也。

既明文學進化之理，然後可言吾所謂「不摹倣古人」之說。今日之中國，當造今日之文學。不必摹倣唐宋，亦不必摹倣周秦也。前見國會開幕詞有云：「於鑠國會❸，遵晦時休」，此在今日而欲為三代以上之文之一證也。更觀今之「文學大家」，文則下規姚曾，上師韓歐，更上則取法秦漢魏晉，以為六朝以下無文學可言，此皆百步與五十步之別而已，而皆為文學下乘。即令神似古人，亦不過為博物院中添幾許「逼真贋鼎」而已，文學云乎哉。

昨見陳伯嚴先生一詩云：「濤園鈔杜句❹，半歲禿千毫。所得都成淚，相過問奏刀❺。萬靈噤不下，此老仰彌高。胸腹回滋味，徐看薄命騷。」

此大足代表今日「第一流詩人」摹倣古人之心理也。其病根所在，在於以「半歲禿千毫」之功夫作古人的鈔胥奴婢❻，故有「此老仰彌高」之嘆。若能灑脫此種奴性，不作古人的詩，而惟作我自己的詩，則決不致如此失敗矣！

吾每謂今日之文學，其足與世界「第一流」文學比較而無愧色者，獨有白話小說（我佛山人、南亭亭長、洪都百鍊生三人而已❼）一項。此無他故，以此種小說皆不事摹倣古人（三人皆得力於《儒林外史》、《水滸》、《石頭記》，然非摹倣之作也），而惟實寫今日社會之情狀，故能成真正文學。其他學這個，學那個之詩古文家，皆無文學之價值也。今之有志文學者，宜知所從事矣。

三曰，須講求文法。

今之作文、作詩者，每不講求文法之結構。其例至繁，不便舉之，尤以作駢文、律詩者為尤甚。夫不講文法，是謂「不通」。此理至明，無待詳論。

四曰，不作無病之呻吟。

此殊未易言也。今之少年往往作悲觀，其取別號則曰「寒灰」、「無生」、「死灰」；其作為詩文，則對落日而思暮年，對秋風而思零落，春來則惟恐其速去，花發又惟懼其早謝。此亡國之哀音也，老年人為之猶不可，況少年乎？其流弊所至，遂養成一種暮氣，不思奮發有為，服勞報國，但知發牢騷之音，感唱之文。

作者將以促其壽年，讀者將亦短其志氣，此吾所謂無病之呻吟也。國之多患，吾豈不知之？然病國危時，豈痛哭流涕所能收效乎？吾惟願今之文學家作費舒特、作瑪志尼❽，而不願其為賈生、王粲、屈原、謝皋羽也。其不能為賈生、王某、屈原、謝皋羽，而徒為婦人醇酒喪氣、失意之詩文者❾，尤卑卑不足道矣！

五曰，務去濫調套語。

今之學者，胸中記得幾個文學的套語，便稱詩人。其所為詩文處處是陳言濫調——「磋跎」、「身世」、「寥落」、「飄零」、「蟲沙❿」、「寒窗」、「斜陽」、「芳草」、「春閨」、「愁魂」、「歸夢」、「鵑啼」、「孤影」、「雁字⓫」、「玉樓」、「錦字⓬」、「殘更」之類，累累不絕，最可憎厭。

其流弊所至，遂令國中生出許多似是而非，貌似而實非之詩文。

今試舉一例以證之——「熒熒夜燈如豆，映幢幢孤影，凌亂無據。翡翠衾寒⓭，鴛鴦瓦冷，禁得秋宵幾度。么弦漫語[14]，早丁字簾前，繁霜飛舞。嫋嫋餘音，片時猶繞柱。」

此詞驟觀之，覺字字句句皆詞也，其實僅一大堆陳套語耳──「翡翠衾」、「鴛鴦瓦」用之白香山〈長恨歌〉則可，以其所言乃帝王之衾之瓦也。「丁字簾」、「么弦」皆套語也。此詞在美國所作，其夜燈決不「熒熒如豆」，其居室尤無「柱」可繞也。至於「繁霜飛舞」，則更不成話矣。誰曾見繁霜之「飛舞」耶？

吾所謂務去濫調套語者，別無他法，惟在人人以其耳目所親見親聞、所親身閱歷之事物，一一自己鑄詞以形容描寫之。但求其不失真，但求能達其狀物寫意之目的，即是功夫。其用濫調套語者，皆懶惰不肯自己鑄詞狀物者也。

六曰，不用典。

吾所主張八事之中，惟此一條最受友朋攻擊，蓋以此條最易誤會也。吾友江亢虎君來書曰：「所謂典者，亦有廣狹二義。餖飣獺祭[15]，古人早懸為厲禁；若並成語故事而屏之，則非惟文字之品格全失，即文字之作用亦亡……文字最妙之意味，在用字簡而涵意多。此斷非用典不為功。不用典不特不可作詩[16]，並不可寫信，且不可演說。來函滿紙『舊雨』、『虛懷』、『治頭治腳[17]』、『捨本逐末』、『洪水猛獸』、『發聾振聵』、『負弩先驅[18]』、『心悅誠服』、『詞壇』、『退避三舍』、『無病呻吟』、『滔天』、『利器』、『鐵證』……皆典也。試盡抉而去之，代以俚語、俚字，將成何說話？其用字之繁簡，猶其細焉。恐一易他詞，雖加倍蓰[19]，而涵義仍終不能如是恰到好處，奈何？」

此論極中肯要，今依江君之言，分典為廣、狹二義，分論之如下：

一、廣義之典非吾所謂典也，廣義之典約有五種：

（甲）譬喻

古人所設譬喻，其取譬之事物，含有普通意義，不以時代而失其效用者，今人亦可用之。如古人言：「以子之矛，攻子之盾。」今人雖不讀書者，亦知用「自相矛盾」之喻，然不可謂為用典也，上文所舉例中之「治頭治腳」、「洪水猛獸」、「發聾振聵」……皆此類也。蓋設譬取喻，貴能切當；若能切當，固無古今之別也。若「負弩先驅」、「退避三舍」之類，在今日已非通行之事物，在文人相與之間，或可用之，然終以不用為上。如言「退避」，千里亦可，百里亦可，不必定用「三舍」之典也。

（乙）成語

成語者，合字成辭，別為意義。其習見之句，通行已久，不妨用之。然今日若能另鑄「成語」，亦無不可也。「利器」、「虛懷」、「捨本逐末」……皆屬此類。此非「典」也，乃日用之字耳。

（丙）引史事

引史事與今所論議之事相比較，不可謂為用典也。如老杜詩云：「未聞殷周衰，中自誅褒妲。」此非用典也；近人詩云：「所以曹孟德，猶以漢相終。」此亦非用典也。

（丁）引古人作比

此亦非用典也。杜詩云：「清新庾開府，俊逸鮑參軍。」此乃以古人比今人，非用典也；又云：「伯仲之間見伊呂，指揮若定失蕭曹。」此亦非用典也。

（戊）引古人之語

此亦非用典也。吾嘗有句云：「我聞古人言，艱難惟一死。」；又云：「嘗試成功自古無，放翁此語未必是。」此乃引語，非用典也。

以上五種為廣義之典，其實非吾所謂典也。若此者可用可不用。

二、狹義之典，吾所主張不用者也。

吾所謂「用典」者，謂文人、詞客不能自己鑄詞造句，以寫眼前之景、胸中之意，故借用或不全切[20]，或全不切之故事、陳言以代之，以圖含混過去，是謂「用典」。上所述廣義之典，除「戊條」外，皆為取譬比方之辭。但以彼喻此，而非以彼代此也。狹義之用典，則全為以典代言，自己不能直言之，故用典以言之耳。此吾所謂用典與非用典之別也。狹義之典亦有工、拙之別，其工者偶一用之，未為不可，其拙者則當痛絕之。

（子）用典之工者

此江君所謂用字簡而涵義多者也。客中無書不能多舉其例，但雜舉一二，以實吾言：

（一）東坡所藏仇池石，王晉卿以詩借現，意在於奪。東坡不敢不借，先以詩寄之，有句云：「欲留嗟趙弱，寧許負秦曲。傳觀慎勿許，間道歸應速。」此用藺相如返璧之典，何其工切也。

（二）東坡又有「章質夫送酒六壺，書至而酒不達。」詩云：「豈意青州六從事，化為烏有一先生。」此雖工已近於纖巧矣。

（三）吾十年前嘗有讀〈十字軍英雄記〉一詩云：「豈有酖人羊叔子，焉知微服趙主父，十字軍真兒戲耳，獨此兩人可千古。」以兩典包盡全書，當時頗沾沾自喜，其實此種詩，盡可不作也。

（四）江亢虎代華僑誄陳英士文有[21]「本懸太白，先壞長城。世無鉏霓，乃戕趙卿」四句，余極喜之。所用趙宣子一典，甚工切也。

（五）王國維詠史詩有「虎狼在堂室，徒戎復何補。神州遂陸沉，百年委榛莽。寄語桓元子，莫罪王夷甫」，此亦可謂使事之工者矣。

上述諸例，皆以典代言，其妙處，終在不失設譬比方之原意。惟為文體所限，故譬喻變而為稱代耳。用典之弊，在於使人失其所欲譬喻之原意。若反客為主，使讀者迷於使事用典之繁，而轉忘其所為設譬之事物，則為拙矣。古人雖作百韻長詩，其所用典不出一、二事而已（「北征」與白香山「悟真寺詩」皆不用一典），今人作長律則非典不能下筆矣。嘗見一詩八十四韻，而用典至百餘事，宜其不能工也。

（丑）用典之拙者

用典之拙者，大抵皆衰惰之人，不知造詞，故以此為躲懶藏拙之計。惟其不能造詞，故亦不能用典也。總計拙典亦有數類：

（一）比例泛而不切，可做幾種解釋，無確定之根據。

今取王漁洋〈秋柳〉一章證之：「娟娟涼露欲為霜，萬縷千條拂玉塘，浦裡青行中婦鏡，江干黃竹女兒箱。空憐板渚隋堤水，不見琅琊大道王。若過洛陽風景地，含情重問永豐坊。」本詩中所用諸典無不可做幾樣說法者。

（二）僻典使人不解。

夫文學所以達意抒情也，若必求人人能讀五車書，然後能通其文，則此種文可不作矣。

（三）刻削古典成語，不合文法。

「指兄弟以孔懷，稱在位以曾是」是其例也，今人言「為人作嫁」亦不通。

（四）用典而失其原意。

如某君寫山高與天接之狀，而曰「西接杞天傾」是也。

（五）古事之實有所指，不可移用者，今往亂用作普通事實。

如古人灞橋折柳，以送行者，本是一種特別土風[22]；陽關、渭城亦皆實有所指。今之懶人不能狀別離之情，於是雖身在滇越，亦言灞橋，雖不解陽關、渭城為何物，亦皆「陽關三疊」、「渭城離歌」。又如張翰因秋風起而思故鄉之蓴羹鱸膾，今則雖非吳人，不知蓴鱸為何味者，亦皆自稱有「蓴鱸之思」。此則不僅懶不可救，直是自欺欺人耳！

凡此種種，皆文人之不下功夫，一受其毒，便不可救——此吾所以有「不用典」之說也。

七曰，不講對仗。

排偶乃人類言語之一種特性，故雖古代文字，如老子、孔子之文，亦間有駢句。如「道可道，非常道；名可名，非常名。無名天地之始，有名萬物之母。故常無，欲以觀其妙；常有，欲以觀其微。」此三排句也；「食無求飽，居無求安」、「貧而無諂，富無而驕」、「爾愛其羊，我愛其禮」，此皆排句也。

然此皆近於語言之自然，而無牽強刻削之跡；尤未有定其字之多寡，聲之平仄，詞之虛實者也。至於後世文學末流，言之無物，乃以文勝；文勝之極，而駢文、律詩興焉，而長律興焉。駢文律詩之中非無佳作，然佳作終鮮。所以然者何？豈不以其束縛人之自由過甚之故耶？（長律之中，上下古今，無一首佳作可言也。）

今日而言文學改良，當「先立乎其大者」，不當枉費有用之精力於微細纖巧之末，此吾所以有廢駢、廢律之說也。即不能廢此兩者，亦但當視為文學末技而已，非講求之急務也。

今人猶有鄙夷白話小說為文學小道者，不知施耐庵、曹雪芹、吳趼人皆文學正宗，而駢文律詩乃真小道耳。吾知必有聞此言而卻走者矣。

八曰，不避俗字、俗語。

吾惟以施耐庵、曹雪芹、吳趼人為文學正宗，故有「不避俗字、俗語」之論也。蓋吾國言文之背馳久矣。自佛書之輸入，譯者以文言不足以達意，故以淺近之文譯之，其體已近白話。其後佛氏講義語錄尤多用白話為之者，是為語錄體之原始。及宋人講學以白話為語錄，此體遂成講學正體。

當是時，白話已久入韻文，觀唐宋人白話之詩詞可見也。及至元時，中國北部已在異族之下，三百餘年矣（遼、金、元）。此三百年中，中國乃發生一種通俗行遠之文學。文則有《水滸》、《西遊》、《三國》之類，戲曲則尤不可勝計。（關漢卿諸人，人各著劇數十種之多。

吾國文人著作之富，未有過於此時者也。）

以今世眼光觀之，則中國文學當以元代為最盛，可傳世不朽之作，當以元代為最多，此可無疑也。當是時，中國之文學最近言文合一，白話幾成文學的語言矣。使此趨勢不受阻遏，則中國乃有「活文學出現」，而但丁、路得之偉業（歐洲中古時，各國皆有俚語，而以拉丁文為文言，凡著作書籍皆用之，如吾國之以文言著書也。其後義大利有但丁諸文豪，始以其國俚語著作。諸國踵興，國語亦代起。路得創新教始以德文譯《舊約》、《新約》，遂開德文學之先。英、法諸國亦復如是。今世通用之英文新舊約乃一六一一年譯本，距今才三百年耳。故今日歐洲諸國之文學，在當日皆為俚語。造諸文豪興，始以「活文學」代拉丁之死文學。有活文學而後有言文合一之國語也），幾發生於神州。

不意此趨勢驟為明代所阻，政府既以八股取士，而當時文人如「何、李」七子之徒[23]，又爭以復古為高，於是此千年難遇言文合一之機會，遂中道夭折矣。然以今世歷史進化的眼光觀之，則白話文學之為中國文學之正宗，又為將來文學必用之利器，可斷言也。

以此之故，吾主張今日作文、作詩，宜採用俗語、俗字。與其用三千年前之死字（如「於鑠國會，遵晦時休」之類），不如用二十世紀之活字；與其作不能行遠、不能普及之秦漢六朝文字，不如作家喻戶曉之《水滸》、《西遊》文字也。

上述八事，乃吾年來研思此一大問題之結果。遠在異國，既無讀書之暇晷[24]，又不得就國中先生、長者質疑問題，其所主張容有矯枉過正之處。然此八事皆文學上根本問題，有研究之價值。故草成此論，以為海內外留心此問題者作一草案。謂之「芻議」，猶云未定草也，伏惟國人、同志有以匡糾是正之。

民國六年一月

《註釋》

1. 敻絕：卓絕遼遠。
2. 風會：風氣、時勢。
3. 鑠：明亮閃耀的樣子。
4. 鈔：謄寫。
5. 奏刀：下刀，此處指下筆為文。
6. 鈔胥：古代時擔任抄寫工作的人。
7. 我佛山人：吳沃堯，字趼人，筆名「我佛山人」，著有《二十年目睹之怪現狀》。南亭亭長：李寶嘉，號「南亭亭長」，著有《官場現形記》。洪都百鍊生：劉鶚，筆名「洪都百鍊生」，著有《老殘遊記》。三位皆為清代著名小說家，三本著作《二十年目睹之怪現狀》、《官場現形記》、《老殘遊記》與曾樸的《孽海花》被稱為「晚清四大譴責小說」。

❽ 費舒特：德國著名哲學家。瑪志尼：義大利作家、政治家，亦為義大利統一運動的重要人物。

❾ 婦人醇酒：指沉弱於荒淫逸樂之中。

❿ 蟲沙：指因戰亂而死的人。

⓫ 雁字：指雁群。當雁群天空飛翔時，常排列成「一」字或「人」字。

⓬ 錦字：織在錦帛上的字句，後泛指妻子寄給丈夫的書信。

⓭ 翡翠衾：顏色與翡翠鳥相同的被子。

⓮ 么弦：琵琶的第四根弦，借指琵琶。

⓯ 飣餖獺祭：比喻典故的羅列、堆砌。

⓰ 不特：不但、不只是。

⓱ 治頭治腳：取自「頭痛治頭，腳痛治腳」一語，比喻只顧眼前，沒有針對問題做通盤的考量，無法從根本上解決。

⓲ 負弩先驅：背著弓箭走在前方開路，表示對人的尊敬。

⓳ 倍蓰：指由一倍至五倍，形容很多。蓰：五倍。

⓴ 全切：完全切合。

㉑ 誄：累述死者生前的功德以示哀悼。

㉒ 土風：地方上的風俗。

㉓ 七子：明代由李夢陽與何景明為首的七位文學家，史稱「前七子」，主張復古。

㉔ 暇晷：指空閒的時間。

02

歷史的文學觀念論

文學改良當注重「歷史的文學觀念」，一言以蔽之，曰：「一時代有一時代之文學。」

居今日而言，文學改良當注重「歷史的文學觀念」，一言以蔽之，曰：「一時代有一時代之文學。」此時代與彼時代之間，雖皆有承前啟後之關係，而決不容完全抄襲；其完全抄襲者，決不成為真文學。愚惟深信此理，故以為古人已造古人之文學，今人當造今人之文學。至於今日之文學與今後之文學究竟當為何物，則全繫於吾輩之眼光、識力與筆力，而非一、二人所能逆料也❶。

惟愚縱觀古今文學變遷之趨勢，以為白話之文學種子已伏於唐人之小詩、短詞。及宋而語錄體大盛，詩詞亦多有用白話者（放翁之七律、七絕多白話體。宋詞用白話者更不可勝計。南宋學者往往用白話通信，又不但以白話作語錄也）。元代之小說、戲曲，則更不待論矣。此白話文學之趨勢，雖為明代所截斷，而實不曾截斷。語錄之體，明、清之宋學家多沿用之。詞曲如《牡丹亭》、《桃花扇》，已不如元人雜劇之通俗矣。然崑曲卒至廢絕，而今之俗劇（吾徽之「徽調」與今日「京調」、「高腔」皆是也）乃起而代之。今後之戲劇或將全廢，唱本而歸於說白，亦未可知。此亦由文言趨於白話之一例也。

小說則明、清之有名小說，皆白話也。近人之小說，其可以傳後者，亦皆白話也（筆記短篇如《聊齋志異》之類不在此例。）故白話之文學，自宋以來，雖見屏於古文家，而終一線相承，至今不絕。

夫白話之文學，不足以取富貴，不足以邀聲譽，不列於文學之「正宗」，而卒不能廢絕者，豈無故耶？豈不以此為吾國文學趨勢，自然如此，故不可禁遏而日以昌大耶❷？愚以深信此理，故又以為今日之文學，當以白話文學為正宗。

然此但是一個假設之前提，在文學史上，雖已有許多證據，如上所云，而今後之文學之果出於此與否，則猶有待於今後文學家之實地證明。若今後之文人不能為吾國造一可傳世之白話文學，則吾輩今日之紛紛議論，皆屬枉費精力，決無以服古文家之心也。

然則吾輩又何必攻古文家乎？曰，是亦有故。吾輩主張「歷史的文學觀念」，而古文家則反對此觀念也。吾輩以為今人當造今人之文學，而古文家則以為今人作文必法馬、班、韓、柳。其不法馬、班、韓、柳者，皆非文學之「正宗」也。

吾輩之攻古文家，正以其不明文學之趨勢而強欲作一千年、二千年以上之文。此說不破，則白話之文學無有列為文學正宗之一日，而世之文人將猶鄙薄之，以為小道邪徑而不肯以全力經營造作之。如是，則吾國將永無以全副精神實地試驗白話文學之日。夫不以全副精神造文學而望文學之發生，此猶不耕而求獲，不食而求飽也，亦終不可得矣。（施耐庵、曹雪芹諸人所以能有成者，正賴其有特別膽力，能以全力為之耳。）

吾輩既以「歷史的」眼光論文，則亦不可不以歷史的眼光論古文家。《記》曰：「生乎今之世，反古之道，災必及乎身❸。」（朱熹曰：反，復也。）此言復古者之謬，雖孔聖人亦不贊成也。

古文家之罪正坐「生乎今之世，反古之道」。古文家盛稱馬、班，不知馬、班之文已非古文。使馬、班皆作〈盤庚〉、〈大誥〉、〈清廟〉、〈生民〉之文❹，則馬、班決不能千古矣。古文家又盛稱韓、柳，不知韓、柳在當時皆為文學革命之人。彼以六朝駢儷之文為當廢，故改而趨於較合文法，較近自然之文體。

其時白話之文未興，故韓、柳之文在當日皆為「新文學」。韓、柳皆未嘗自稱「古文」，古文乃後人稱之之辭耳。此如七言歌行，本非「古體」，六朝人作之者數人而已。至唐而大盛，李、杜之歌行，皆可謂創作。後之妄人，乃謂之曰「五古」、「七古」，不知五言作於漢代，七言尤不得為古，其起與律詩同時。（律詩起於六朝。謝靈運、江淹之詩，皆為駢偶之體矣，則雖謂律詩先於七古可也。）若〈周頌〉、〈商頌〉則真「古詩」耳。故李、杜作「今詩」，而後人謂之「古詩」；韓、柳作「今文」，而後人謂之「古文」。不知韓、柳但擇當時文體中之最近於文言之自然者而作之耳。故韓、柳之為韓、柳，未可厚非也。

及白話之文體既興，語錄用於講壇，而小說傳於窮巷。當此之時，「今文」之趨勢已成，而明七子之徒乃必欲反之於漢魏以上，則罪不容辭矣。歸、方、劉、姚之志與七子同，特不敢遠攀周秦，但欲近規韓、柳、歐、曾而已，此其異也。吾故謂古文家亦未可一概抹煞。分別言之，則馬、班自作漢人之文，韓、柳自作唐代之文。其作文之時，言文之分尚不成一問題，正如歐洲中古之學者，人人以拉丁文著書，而不知其所用為「死文字」也。

宋代之文人，北宋如歐、蘇皆常以白話入詞，而作散文則必用文言；南宋如陸放翁常以白話作律詩，而其文集皆用文言，朱晦庵以白話著書寫信，而作「規矩文字」則皆用文言，此皆過渡時代之不得已，如十六七世紀歐洲學者著書往往並用己國俚語與拉丁兩種文字（狄卡兒之《方法論》用法文❺，其《精思錄》則用拉丁文；倍根之《雜論》有英文、拉丁文兩種❻。倍根自信其拉丁文書勝於其英文書，然今人罕有讀其拉丁文《雜論》者矣），不得概以古文家冤之也。

惟元以後之古文家，則居心在於復古，居心在於過抑通俗文學，而以漢、魏、唐、宋代之。此種人乃可謂真正「古文家」！吾輩所攻擊者亦僅限於此一種「生於今之世，反古之道」之真正「古文家」耳！

民國六年五月

《註釋》

❶逆料：預料、預測。

❷禁遏：禁止、遏阻。

❸此語出自《小戴禮記》之〈中庸〉篇。

❹盤庚：出自《尚書・商書》。大誥：出自《尚書・周書》。清廟：出自《詩經・周頌》。生民：出自《詩經・大雅》。

❺狄卡兒：現常譯作「笛卡兒」，法國著名哲學家、數學家、物理學家。

❻倍根：現常譯作「培根」，英國著名哲學家、政治家、科學家、法學家、演說家和散文作家，為古典經驗論的始祖。

03

建設的文學革命論

國語的文學，文學的國語

一

我的〈文學改良芻議〉發表以來，已有一年多了。這十幾個月之中，這個問題居然引起了許多很有價值的討論，居然受了許多很可使人樂觀的響應。我想我們提倡文學革命的人，固然不能不從破壞一方面下手。但是我們仔細看來，現在的舊派文學實在不值得一駁。什麼桐城派的古文哪、《文選》派的文學哪、江西派的詩哪、夢窗派的詞哪、《聊齋志異》派的小說哪——都沒有破壞的價值。

它們所以還能存在國中，正因為現在還沒有一種真有價值，真有生氣，真可算作文學的新文學，起來代它們的位置。有了這種「真文學」和「活文學」，那些「假文學」和「死文學」，自然會消滅了。所以我希望我們提倡文學革命的人，對於那些腐敗文學，個個都該存一個「彼可取而代也」的心理，個個都該從建設一方面用力，要在三、五十年內替中國創造出一派新中國的活文學。

我現在作這篇文章的宗旨，在於貢獻我對於建設新文學的意見。我且先把我從前所主張破壞的八事引來作參考的資料：

一、不作「言之無物」的文字。

二、不作「無病呻吟」的文字。

三、不用典。

四、不用套語爛調。

五、不重對偶——文須廢駢、詩須廢律。

六、不作不合文法的文字。

七、不摹倣古人。

八、不避俗話、俗字。

這是我的「八不主義」，是單從消極的、破壞的一方面著想的。

自從去年歸國以後，我在各處演說文學革命，便把這「八不主義」都改作了肯定的口氣，又總括作四條，如下：

一、要有話說，方才說話。這是「不作言之無物的文字」一條的變相。

二、有什麼話，說什麼話；話怎麼說，就怎麼說。這是二、三、四、五、六諸條的變相。
三、要說我自己的話，別說別人的話。這是「不摹倣古人」一條的變相。
四、是什麼時代的人，說什麼時代的話。這是「不避俗話、俗字」的變相。
這是一半消極，一半積極的主張，一筆表過，且說正文。

二

我的〈建設新文學論〉的唯一宗旨只有十個大字：「國語的文學，文學的國語。」我們所提倡的文學革命，只是要替中國創造一種國語的文學。有了國語的文學，方才可有文學的國語；有了文學的國語，我們的國語才可算得真正國語。國語沒有文學，便沒有生命，便沒有價值，便不能成立，便不能發達。這是我這一篇文字的大旨。

我曾仔細研究——中國這二千年何以沒有真有價值、真有生命的「文言的文學」？我自己回答道：「這都因為這二千年的文人所作的文學都是死的，都是用已經死了的語言文字作的——『死文字決不能產出活文學』。所以中國這二千年只有些死文學，只有些沒有價值的死文學。」

我們為什麼愛讀〈木蘭辭〉和〈孔雀東南飛〉呢？因為這兩首詩是用白話作的。為什麼愛讀陶淵明的詩和李後主的詞呢？因為他們的詩詞是用白話作的。為什麼愛杜甫的〈石壕吏〉、〈兵車行〉諸詩呢？因為他們都是用白話作的。為什麼不愛韓愈的〈南山〉呢？因為他用的是死字、死話……簡單說來，自從《三百篇》到於今，中國的文學凡是有一些價值有一些兒生命的，都是白話的，或是近於白話的。其餘的都是沒有生氣的古董，都是博物院中的陳列品！

再看近世的文學：何以《水滸傳》、《西遊記》、《儒林外史》、《紅樓夢》可以稱為「活文學」呢？因為他們都是用一種活文字作的。若是施耐庵、吳承恩、吳敬梓、曹雪芹都用了文言作書，他們的小說一定不會有這樣生命，一定不會有這樣價值。

讀者不要誤會，我並不曾說凡是用白話作的書都是有價值、有生命的。我說的是，用死了的文言決不能作出有生命有價值的文學來。這一千多年的文學，凡是有真正文學價值的，沒有一種不帶有白話的性質，沒有一種不靠這個「白話性質」的幫助。

換言之，白話能產出有價值的文學，也能產出沒有價值的文學；可以產出《儒林外史》，也可以產出《肉蒲團》。但是那已死的文言只能產出沒有價值、沒有生命的文學，決不能產出有價值、有生命的文學；只能作幾篇〈擬韓退之原道〉或〈擬陸士衡擬古〉，決不能作出一部《儒林外史》。若有人不信這話，可先讀明朝古文大家宋濂的《王冕傳》，再讀《儒林外史》第一回的〈王冕傳〉，便可知道死文學和活文學的分別了。

為什麼死文字不能產生活文學呢？這都由於文學的性質。一切語言文字的作用在於達意表情；達意達得妙，表情表得好，便是文學。那些用死文言的人，有了意思，卻須把這意思翻成幾千年前的典故；有了感情，卻須把這感情譯為幾千年前的文言。明明是客子思家，他們須說王粲登樓、仲宣作賦；明明是送別，他們卻須說陽關三疊、一曲渭城；明明是賀陳寶琛七十歲生日，他們卻須說是賀伊尹、周公、傅說。

更可笑的，明明是鄉下老太婆說話，他們卻要叫她打起唐宋八家的古文腔兒；明明是極下流的妓女說話，他們卻要她打起胡天游、洪亮吉的駢文調子！請問這樣作文章如何能達意表情呢？既不能達意，既不能表情，那裡還有文學呢？

即如那《儒林外史》裡的王冕，是一個有感情、有血氣、能生動、能談笑的活人。這都因為作書的人能用活言語、活文字來描寫他的生活神情。那宋濂集子裡的王冕，便成了一個沒有生氣、不能動人的死人。為什麼呢？因為宋濂用了二千年前的死文字，來寫二千年後的活人。所以不能不把這個活人變作二千年前的木偶，才可合那古文家法。古文家法是合了，那王冕也真「作古」了！

因此我說，死文言決不能產出活文學。中國若想有活文學，必須用白話，必須用國語，必須作國語的文學。

三

上節所說，是從文學一方面著想，若要活文學，必須用國語。如今且說從國語一方面著想，國語的文學有何等重要。

有些人說：「若要用國語作文學，總須先有國語。如今沒有標準的國語，如何能有國語的文學呢？」我說這話似乎有理，其實不然。國語不是單靠幾位言語學的專門家就能造得成的，也不是單靠幾本國語教科書和幾部國語字典就能造成的。

若要造國語，先須造國語的文學；有了國語的文學，自然有國語。這話初聽了似乎不通，但是列位仔細想想便可明白了。天下的人誰肯從國語教科書和國語字典裡面學習國語？所以國語教科書和國語字典，雖是很要緊，決不是造國語的利器。真正有功效、有勢力的國語教科書，便是國語的文學，便是國語的小說、詩文、戲本；國語的小說、詩文、戲本通行之日，便是中國國語成立之時。

試問我們今日居然能拿起筆來作幾篇白話文章，居然能寫得出好幾百個白話的字，可是從什麼白話教科書上學來的嗎？可不是從《水滸傳》、《西遊記》、《紅樓夢》、《儒林外史》等書學來的嗎？這些白話文學的勢力，比什麼字典教科書都還大幾百倍。

字典說「這」字該讀「魚彥反」，我們偏讀它作「者個」的者字；字典說「麼」字是「細小」，我們偏把它用作「什麼」、「那麼」的麼字；字典說「沒」字是「沉也」、「盡也」，我們偏用它做「無有」的無字解；字典說「的」字有許多意義，我們偏把它用來代文言的「之」字、「者」字、「所」字和「徐徐爾」、「縱縱爾」的「爾」字……

總而言之，我們今日所用的「標準白話」，都是這幾部白話的文學定下來的。我們今日要想重新規定一種「標準國語」，還須先造無數國語的《水滸傳》、《西遊記》、《儒林外史》、《紅樓夢》。

所以我以為我們提倡新文學的人，盡可不必問今日中國有無標準國語；我們盡可努力去作白話的文學；我們可盡量採用《水滸》、《西遊記》、《儒林外史》、《紅樓夢》的白話。有不合今日的用的，便不用他；有不夠用的，使用今日的白話來補助；有不得不用文言的，便用文言來補助。

這樣作去，決不愁語言文字不夠用，也決不用愁沒有標準白話。中國將來的新文學用的白話，就是將來中國的標準國語；造中國將來白話文學的人，就是制定標準國語的人。

我這種議論並不是「向壁虛造」的❶。我這幾年來研究歐洲各國國語的歷史，沒有一種國語不是這樣造成的；沒有一種國語是教育部的老爺們造成的；沒有一種是言語學專門家造成的；沒有一種不是文學家造成的。我且舉幾條例為證：

一、意大利

五百年前，歐洲各國但有方言，沒有「國語」。歐洲最早的國語是意大利文。那時歐洲各國的人多用拉丁文著書通信。到了十四世紀的初年意大利的大文學家但丁極力主張用意大利話來代拉丁文。他說拉丁文是已死了的文字，不如他本國俗語的優美。所以他自己的傑作「喜劇」，全用脫斯堪尼（意大利北部的一邦）的俗話。

這部「喜劇」風行一世，人都稱它作「神聖喜劇」。那「神聖喜劇」的白話後來便成了意大利的標準國語，後來的文學家包卡嘉和洛倫查諸人也都用白話作文學。所以不到一百年，意大利的國語便完全成立了。

二、英國

英倫雖只是一個小島國，卻有無數方言。現在通行全世界的「英文」在五百年前還只是倫敦附近一帶的方言，叫作「中部土話」。當十四世紀時，各處的方言都有些人用來作書。後來到了十四世紀的末年，出了兩位大文學家，一個是趙叟，一個是威克列夫。

趙叟作了許多詩歌、散文，都用這「中部土話」；威克列大把耶教的《舊約》、《新約》也都譯成「中部土話」❷。有了這兩個人的文學，便把這「中部土話」變成英國的標準國語。

後來到了十五世紀，印刷術輸進英國，所印的書多用這「中部土話」，國語的標準更確定了。到十六、十七兩世紀，蕭士比亞和「伊莉莎白時代」的無數文學大家❸，都用國語創造文學。從此以後，這一部分的「中部土話」，不但成了英國的標準國語，幾乎竟成了全地球的世界語了！

此外，法國、德國及其他各國的國語，大都是這樣發生的。大都是靠著文學的力量才能變成標準的國語的，我也不去一一地細說了。

意大利國語成立的歷史，最可供我們中國人的研究。為什麼呢？因為歐洲西部、北部的新國，如英吉利、法蘭西、德意志，它們的方言和拉丁文相差太遠了，所以它們漸漸地用國語著作文學，還不算稀奇。

只有意大利是當年羅馬帝國的京畿近地，在拉丁文的故鄉，各處的方言又和拉丁文最近。在意大利提倡用白話代拉丁文，真正和在中國提倡用白話代漢文，有同樣的艱難。所以英、法、德各國語，一經文學發達以後，便不知不覺地成為國語了。在意大利卻不然。當時反對的人很多，所以那時的新文學家，一方面努力創造國語的文學，一方面還要作文章鼓吹何以當廢古文，何以不可不用白話。有了這種有意的主張（最有力的是但丁和阿兒白狄兩個人），又有了那些有價值的文學，才可造出意大利的「文學的國語」。

我常問我自己道：「自從施耐庵以來，很有了些極風行的白話文學，何以中國至今還不曾有一種標準的國語呢？」我想來想去，只有一個答案。這一千年來，中國固然有了一些有價值的白話文學，但是沒有一個人出來明日張膽地主張用白話為中國的「文學的國語」。有時，陸放翁高興了，便作一首白話詩；有時，柳耆卿高興了，便作一首白話詞；有時，朱晦庵高興了，便寫幾封白話信，作幾條白話箚記❹；有時，施耐庵、吳敬梓高興了，便作一兩部白話的小說。這都是不知不覺地自然出產品，並非是有意的主張。

因為沒有「有意的主張」，所以作白話的只管作白話，作古文的只管作古文，作八股的只管作八股；因為沒有「有意的主張」，所以白話文學從不曾和那些「死文學」爭那「文學正宗」的位置。白話文學不成為文學正宗，故白話不曾成為標準國語。

我們今日提倡「國語的文學」，是「有意的主張」——要使國語成為「文學的國語」。有了文學的國語，方有標準的國語。

四

上文所說「國語的文學，文學的國語」，乃是我們的根本主張。如今且說要實行做到這個根本主張，應該怎樣進行？

我以為創造新文學的進行次序，約有三步：一、工具。二、方法。三、創造。前兩步是預備，第三步才是實行創造新文學。

一、工具

古人說得好：「工欲善其事，必先利其器。」寫字的要筆好，殺豬的要刀快。我們要創造新文學，也須先預備下創造新文學的「工具」。我們的工具就是白話，我們有志造國語文學的人，應該趕緊籌備這個萬不可少的工具。

預備的方法，約有兩種：

（甲）多讀模範的白話文學。例如《水滸傳》、《西遊記》、《儒林外史》、《紅樓夢》、宋儒語錄、白話信箚、元人戲曲、明清傳奇的說白……唐宋的白話詩詞也該選讀。

（乙）用白話作各種文學。我們有志造新文學的人，都該發誓不用文言作文——無論通信、作詩、譯書、作筆記、作報館文章、編學堂講義、替死人作墓誌、替活人上條陳❺……都該用白話來作。我們從小到如今，都是用文言作文，養成了一種文言的習慣，所以雖是活人，只會作死人的文字。若不下一些狠勁，若不用點苦功夫，決不能使用白話圓轉如意。若單在《新青年》裡面作白話文字，此外，還依舊作文言的文字，那真是「一日暴之，十日寒之」的政策，決不能磨練成白話的文學家。

不但我們提倡白話文學的人應該如此作去，就是那些反對白話文學的人，我也奉勸他們用白話來作文字。為什麼呢？因為他們若不能作白話文字，便不配反對白話文學。譬如那些不認得中國字的中國人，若主張廢漢文，我一定罵他們不配開口。

若是我的朋友錢玄同要主張廢漢文，我決不敢說他不配開口了。那些不會作白話文字的人來反對白話文學，便和那些不懂漢文的人要廢僅文，是一樣的荒謬。所以我勸他們多作些白話文字，多作些白話詩歌，試試白話是否有文學的價值。如果試了幾年，還覺得白話不如文言，那時再來攻擊我們，也還不遲。

還有一層——有些人說：「作白話很不容易，不如作文言的省力。」這是因為中毒太深之過。受病深了，更宜趕緊醫治。否則真不可救了。其實作白話並不難——我有一個侄兒，今年才十五歲，一向在徽州不曾出過門。今年他用白話寫信來，居然寫得極好。我們徽州話和官話差得很遠，我的侄兒不過看了一些白話小說，便會作白話文字了。這可見作白話並不是難事，不過人性懶惰的居多數，捨不得拋「高文典冊」的死文字罷了❻。

二、方法

我以為中國近來文學所以這樣腐敗，大半雖由於沒有適用的「工具」，但是單有「工具」，沒有方法，也還不能造新文學。做木匠的人，單有鋸鑿鑽刨，沒有規矩師法，決不能造成木器。

文學也是如此，若單靠白話便可造新文學，難道把鄭孝胥、陳三立的詩翻成了白話，就可算得新文學了嗎？難道那些用白話作的《新華春夢記》、《九尾龜》也可算作新文學嗎？

我以為現在國內新起的一班「文人」，受病最深的所在，只在沒有高明的文學方法。我且舉小說一門為例，現在的小說（單指中國人自己著的），看來看去，只有兩派──一派最下流的，是那些學《聊齋志異》的箚記小說，篇篇都是「某生，某處人，生有異稟，下筆千言……一日於某地遇一女郎……好事多磨……遂為情死」，或是「某地，某生，遊某地，眷某妓，情好綦篤，遂訂白頭之約……而大婦妒甚，不能相容，女抑鬱以死……生撫屍一慟，幾絕」，此類文字只可抹桌子，固不值一駁。

還有那第二派是那些學《儒林外史》或是學《官場現形記》的白話小說。上等的如《廣陵潮》，下等的如《九尾龜》。這一派小說，只學了《儒林外史》的壞處，卻不曾學得他的好處。《儒林外史》的壞處在於體裁結構太不緊嚴，全篇是雜湊起來的，例如婁府一群人自成一段，杜府兩公子自成一段，馬二先生又成一段，虞博士又成一段；蕭雲仙、郭孝子又各自成一段。分出來，可成無數箚記小說；接下去，可長至無窮無極，《官場現形記》便是這樣。如今的章回小說，大都犯這個沒有結構、沒有佈局的懶病；卻不知道《儒林外史》所以能有文學價值者，全靠一副寫人物的畫工本領。

我十年不曾讀這書了，但是我閉了眼睛，還覺得書中的人物，如嚴貢生，如馬二先生，如杜少卿，如權勿用……個個都是活的人物。正如讀《水滸》的人，過了二、三十年，還不會忘記魯智深、李逵、武松、石秀一班人。請問列位讀過《廣陵潮》和《九尾龜》的人，過了兩、三個月，心目中除了一個「文武全才」的章秋穀之外，還記得幾個活靈活現的書中人物？

所以我說，現在的「新小說」，全是不懂得文學方法的——既不知佈局，又不知結構，又不知描寫人物，只作成了許多又長又臭的文字，只配與報紙的第二張充篇幅，卻不配在新文學上佔一個位置。小說在中國近年，比較說來，要算文學中最發達的一門了。小說尚且如此，別種文學，如詩歌、戲曲，更不用說了。

如今且說什麼叫作「文學的方法」呢？這個問題不容易回答，況且又不是這篇文章的本題，我且約略說幾句。

大凡文學的方法可分三類：

（一）集收材料的方法

中國的「文學」，大病在於缺少材料。那些古文家，除了墓誌、壽序、家傳之外，幾乎沒有一毫材料。因此，他們不得不作那些極無聊的「漢高帝斬丁公論」、「漢文帝、唐太宗優劣論」。至於近人的詩詞，更沒有什麼材料可說了。

近人的小說材料，只有三種：一種是官場，一種是妓女，一種是不官而官、非妓而妓的中等社會（留學生、女學生之可作小說材料者，亦附此類）。除此之外，別無材料，最下流的，竟至登告白徵求這種材料。作小說竟需登告白徵求材料，便是宣告文學家破產的鐵證。

我以為將來的文學家收集材料的方法，約如下：

（甲）推廣材料的區域

官場、妓院與齷齪社會三個區域，決不夠採用。即如今日的貧民社會，如工廠之男女工人、人力車夫、內地農家、各處大負販及小店鋪，一切痛苦情形，都不曾在文學上佔一位置。並且今日新舊文明相接觸，一切家庭慘變、婚姻苦痛、女子之位置、教育之不適宜……種種問題，都可供文學的材料。

（乙）注重實地的觀察和個人的經驗

現今文人的材料大都是關了門虛造出來的，或是間接又間接地得來的，因此我們讀這種小說，總覺得浮泛敷衍、不痛不癢的❼，沒有一毫精彩。真正文學家的材料大概都有「實地的觀察和個人自己的經驗」作個根底。不能做實地的觀察，便不能作文學家；全沒有個人的經驗，也不能作文學家。

（丙）要用周密的理想作觀察經驗的補助

實地的觀察和個人的經驗固是極重要，但是也不能全靠這兩件，例如施耐庵若單靠觀察和經驗，決不能做出一部《水滸傳》。個人所經驗的、所觀察的，究竟有限，所以必須有活潑精細的理想，把觀察經驗的材料，一一地體會出來，一一地整理如式，一一地組織完全——從已知的，推想到未知的；從經驗過的，推想到不曾經驗過的；從可觀察的，推想到不可觀察的，這才是文學家的本領。

（二）結構的方法

有了材料，第二步需要講究結構。結構是個總名詞，內中所包甚廣，簡單說來，可分剪裁和佈局兩步：

（甲）剪裁

有了材料，先要剪裁。譬如做衣服，先要看那塊料可做袍子，那塊料可做背心，估計定了，方可下剪。文學家的材料也要如此辦理，先須看這些材料該用作小詩呢？還是作長歌呢？該用作章回小說呢？還是作短篇小說呢？該用作小說呢？還是作戲本呢？籌劃定了，方才可以剪下那些可用的材料，去掉那些不中用的材料，方才可以決定作什麼體裁的文字。

（乙）佈局

體裁定了，再可講佈局──有剪裁，方可決定「作什麼」；有佈局，方可決定「怎樣作」。材料剪定了，需要籌算怎樣作去，始能把這材料用得最得當，又最有效力。例如唐朝天寶時代的兵禍、百姓的痛苦，都是材料。這些材料到了杜甫的手裡，便成了詩料。

如今且舉他的〈石壕吏〉一篇作佈局的例，這首詩只寫一個過路的客人，一晚上在一個人家內偷聽得的事情。只用一百二十個字，卻不但把那一家祖孫三代的歷史都寫出來，並且把那時代兵禍之慘、壯丁死亡之多、差役之橫行、小民之苦痛都寫得逼真活現，使人讀了生無限的感慨，這是上品的佈局功夫。

又如古詩「上山採蘼蕪，下山逢故夫」一篇，寫一家夫婦的慘劇，卻不從「某人娶妻甚賢，後別有所歡，遂出妻再娶」說起。只挑出那前妻山上下來，遇著故夫的時候下筆，卻也能把那一家的家庭情形寫得充分滿意，這也是上品的佈局功夫。

近來的文人全不講求佈局，只顧湊足多少字可賣幾塊錢；全不問材料用的得當不得當、動人不動人。他們今日作上回的文章，還不知道下一回的材料在何處！這樣的文人怎樣造得出有價值的新文學呢！

（三）描寫的方法

局已佈定了，方才可講描寫的方法。

描寫的方法，千頭萬緒，大要不出四條：一寫人，二寫境，三寫事，四寫情。寫人要舉動、口氣、身分、才性……都要有個性的區別。件件都是林黛玉，決不是薛寶釵；件件都是武松，決不是李逵。

寫境要一喧、一靜、一石、一山、一雲、一鳥……也都要有個性的區別。《老殘遊記》的大明湖，決不是西湖，也決不是洞庭湖；《紅樓夢》裡的家庭，決不是《金瓶梅》裡的家庭。

寫事要線索分明、頭緒清楚、近情近理、亦正亦奇。

寫情要真、要精、要細膩婉轉、要淋漓盡致。有時需用境寫人，用情寫人，用事寫人；有時需用人寫境，用事寫境，用情寫境……這裡面的千變萬化，一言難盡。

如今且回到本文，我上文說的——創造新文學的第一步是工具，第二步是方法。方法的大致，我剛才說了。

如今且問，怎樣預備方才可得著一些高明的文學方法？我仔細想來，只有一條法子——就是趕緊多多地翻譯西洋的文學名著作我們的模範。我這個主張，有兩層理由：

第一，中國文學的方法實在不完備，不夠作我們的模範。即以體裁而論，散文只有短篇，沒有佈置周密、論理精嚴、首尾不懈的長篇；韻文只有抒情詩，絕少記事詩，長篇詩更不曾有過；戲本更在幼稚時代，但略能記事掉文❽，全不懂結構；小說好的，只不過三、四部，這三、四部之中，還有許多疵病；至於最精彩的「短篇小說」、「獨幕戲」更沒有了。

若從材料一方面看來，中國文學更沒有作模範的價值——才子佳人、封王掛帥的小說；風花雪月、塗脂抹粉的詩；不能說理、不能言情的「古文」；學這個、學那個的一切文學——這些文字，簡直無一毫材料可說。

至於佈局一方面，除了幾首實在好的詩之外，幾乎沒有一篇東西當得「佈局」兩個字！所以我說，從文學方法一方面看去，中國的文學實在不夠給我們作模範。

第二，西洋的文學方法，比我們的文學，實在完備得多，高明得多，不可不取例。

即以散文而論，我們的古文家至多比得上英國的倍根和法國的孟太恩。至於像柏拉圖的主客體、赫胥黎等的科學文字；包士威爾和莫烈等的長篇傳記；彌兒、弗林克令、吉朋等的自傳；太恩和白克兒等的史論……都是中國從不曾夢見過的體裁。

更以戲劇而論，二千五百年前的希臘戲曲，一切結構的功夫、描寫的功夫，高出元曲何止十倍。近代的蕭士比亞和莫逆爾更不用說了，最近六十年來，歐洲的散文戲本，千變萬化，遠勝古代，體裁也更發達了。

最重要的，如「問題戲」專研究社會的種種重要問題；「象徵戲」專以美術的手段作的

「意在言外」的戲本；「心理戲」專描寫種種複雜的心境，作極精密地解剖；「諷刺戲」用嬉笑怒罵的文章，達憤世救世的苦心。我寫到這裡，忽然想起今天梅蘭芳正在唱新編的《天女散花》，上海的人還正在等著看新排的《多爾袞》呢！我也不往下數了。

更以小說而論，那材料之精確、體裁之完備、命意之高超、描寫之工切、心理解剖之細密、社會問題討論之透切……真是美不勝收。至於近百年新創的短篇小說，真如芥子裡面藏著大千世界[9]；真如百鍊的精金，曲折委婉，無所不可；真可說是開千古未有的創局、掘百世不竭的寶藏。

以上所說，大旨只在約略表示西洋文學方法的完備，因為西洋文學真有許多可給我們作模範的好處。所以我說，我們如果真要研究文學的方法，不可不趕緊翻譯西洋的文學名著作我們的模範。

現在中國所譯的西洋文學書，大概都不得其法，所以收效甚少。我且擬幾條翻譯西洋文學名著的辦法如下：

（一）只譯名家著作，不譯第二流以下的著作

我以為國內真懂得西洋文學的學者，應該開一會議，公共選定若干種不可不譯的第一流文學名著。約數如一百種長篇小說、五百篇短篇小說、三百種戲劇、五十家散文，為第一部

「西洋文學叢書」，期五年譯完，再選第二部。譯成之稿，由這幾位學者審查，並一一為作長序及著者略傳，然後付印；其第二流以下，如哈葛得之流，一概不選。詩歌一類，不易翻譯，只可從緩。

（二）全用白話韻文之戲曲，也都譯為白話散文用古文譯書，必失原文的好處。如林琴南的「其女珠，其母下之」，早成笑柄，且不必論。前天看見一部偵探小說《圓室案》中，寫一位偵探「勃然大怒，拂袖而起」。不知道這位偵探穿的是不是康橋大學的廣袖制服！這樣譯書，不如不譯。又如林琴南把蕭士比亞的戲曲，譯成了記敘體的古文！這真是蕭士比亞的大罪人，罪在《圓室案》譯者之上！

（三）創造

上面所說工具與方法兩項，都只是創造新文學的預備。工具用得純熟自然了，方法也懂了，方才可以創造中國的新文學。至於創造新文學是怎樣一回事，我可不配開口了。我以為現在的中國，還沒有做到實行預備、創造新文學的地步，盡可不必空談創造的方法和創造的手段，我們現在且先去努力做那第一、第二兩步預備的功夫罷[10]！

民國七年四月

註釋

❶向壁虛造：比喻憑空捏造。
❷耶教：指基督教。
❸蕭士比亞：指威廉．莎士比亞，英國著名劇作家。
❹箚記：讀書時摘記下來的要點或心得。
❺條陳：古時逐條上奏天子的呈文。
❻高文典冊：思想高深的大著作。
❼浮泛：虛浮而不切實際。
❽掉文：賣弄文詞。
❾芥子：芥菜的種子，佛教典籍中常用以比喻極微小之物。
❿罷：用於句末，同「吧」。

04

多研究些問題 少談些主義

有價值的思想三功夫：研究問題事實、提出解決方法、推想假定解決法的效果並揀定其中一種方法。

本報（《每週評論》）第二十八號裡，我曾說過：「現在輿論界的大危險，就是偏向紙上的學說，不去實地考察中國今日的社會需要究竟是什麼東西。那些提倡尊孔祀天的人，固然是不懂得現時社會的需要。那些迷信軍國民主義或無政府主義的人，就可算是懂得現時社會的需要麼❶？要知道輿論家的第一天職，就是細心考察社會的實在情形，一切學理、一切『主義』，都是這種考察的工具。有了學理作參考材料，便可使我們容易懂得所考察的情形，容易明白某種情形有什麼意義，應該用什麼救濟的方法。」

我這種議論，有許多人一定不願意聽。但是前幾天北京《公言報》、《新民國報》、《新民報》（皆安福部的報❷），和日本文的《新支那報》都極力恭維安福部首領王揖唐主張民生主義的演說❸，並且恭維安福部設立「民生主義的研究會」的辦法。

有許多人自然嘲笑這種假充時髦的行為，但是我看了這種消息，發生一種感想。這種感想是：「安福部也來高談民生主義了，這不夠給我們這班新輿論家一個教訓嗎？」什麼教訓呢？這可分三層說：

第一，空談好聽的「主義」是極容易的事，是阿貓、阿狗都能做的事，是鸚鵡和留聲機器都能做的事。

第二，空談外來進口的「主義」是沒有什麼用處的。一切主義都是某時某地的有心人，對於那時那地的社會需要的救濟方法。我們不去實地研究我們現在的社會需要，單會高談某某主義，好比醫生單記得許多湯頭歌訣，不去研究病人的癥候❹，如何能有用呢？

第三，偏向紙上的「主義」是很危險的，這種口頭禪很容易被無恥政客利用來做種種害人的事。歐洲政客和資本家利用國家主義的流毒❺，都是人所共知的，現在中國的政客又要利用某種某種主義來欺人了。羅蘭夫人說❻：「自由自由，天下多少罪惡，都是藉你的名做出的！」一切好聽的主義，都有這種危險。

這三條合起來看，可以看出「主義」的性質——凡「主義」都是應時勢而起的。某種社會，到了某時代，受了某種的影響，呈現某種不滿意的現狀。於是有一些有心人，觀察這種現象，想出某種救濟的法子，這是「主義」的原起。

主義初起時，大都是一種救時的具體主張。後來這種主張傳播出去，傳播的人要圖簡便，便用一、兩個字來代表這種具體的主張，所以叫它作「某某主義」。主張成了主義，便由具體的計畫變成一個抽象的名詞。「主義」的弱點和危險就在這裡，因為世間沒有一個抽象名詞能把某人、某派的具體主張都包括在裡面。

比如「社會主義」一個名詞，馬克思的社會主義和王揖唐的社會主義不同；你的社會主義，和我的社會主義不同，決不是這一個抽象名詞所能包括。你談你的社會主義，我談我的社會主義，王揖唐又談他的社會主義，同用一個名詞，中間也許隔開七、八個世紀，也許隔開兩、三萬里路。然而你和我，和王揖唐都可自稱社會主義家，都可用這一個抽象名詞來騙人，這不是「主義」的大缺點和大危險嗎？

我再舉現在人人嘴裡掛著的「過激主義」作一個例：現在中國有幾個人知道這一個名詞作何意義？但是大家都痛恨、痛罵「過激主義」，內務部下令嚴防「過激主義」，曹錕也行文嚴禁「過激主義」❼，盧永祥也出示查禁「過激主義」❽。前兩個月，北京有幾個老官僚在酒席上嘆氣說：「不好了，過激派到了中國了。」前兩天有一個小官僚，看見我寫的一把扇子，大詫異道：「這不是過激黨胡適嗎？」哈哈，這就是主義的用處！

我因為深覺得高談主義的危險，所以我現在奉勸新輿論界的同志道：「請你們多提出一些問題，少談一些紙上的主義。」

更進一步說：「請你們多多研究這個問題如何解決，那個問題如何解決，不要高談這種主義如何新奇，那種主義如何奧妙。」

現在中國應該趕緊解決的問題，真多得很——從人力車夫的生計問題，到大總統的權限問題；從賣淫問題，到賣官、賣國問題；從解散安福部問題，到加入國際聯盟問題；從女子解放問題，到男子解放問題……哪一個不是火燒眉毛的緊急問題？

我們不去研究人力車夫的生計，卻去高談社會主義；不去研究女子如何解放，家庭制度如何救正，卻去高談公妻主義和自由戀愛；不去研究安福部如何解散，不去研究南北問題如何解決，卻去高談無政府主義。我們還要得意揚揚誇口道，我們所談的是根本「解決」。

老實說罷，這是自欺欺人的夢話，這是中國思想界破產的鐵證，這是中國社會改良的死刑宣告！

為什麼談主義的人那麼多，為什麼研究問題的人那麼少呢？這都由於一個懶字，懶的定義是避難就易。研究問題是極困難的事，高談主義是極容易的事。比如研究安福部如何解散、研究南北和議如何解決，這都是要費功夫、挖心血、收集材料、徵求意見、考察情形，還要冒險吃苦，方才可以得一種解決的意見。

又沒有成例可援，又沒有黃梨洲、柏拉圖的話可引，又沒有《大英百科全書》可查，全憑研究考察的功夫，這豈不是難事嗎？高談「無政府主義」便不同了。買一、兩本實社《自由錄》，看一、兩本西文無政府主義的小冊子，再翻一翻《大英百科全書》，便可以高談無忌了，這豈不是極容易的事嗎？

高談主義、不研究問題的人，只是畏難求易，只是懶。凡是有價值的思想，都是從這個、那個具體的問題下手的。先研究了問題的種種方面的種種的事實，看看究竟病在何處，這是思想的第一步功夫。然後根據於一生經驗學問，提出種種解決的方法，提出種種醫病的丹方，這是思想的第二步功夫。然後用一生的經驗學問，加上想像的能力，推想每一種假定的解決法，該有什麼樣的效果，推想這種效果是否真能解決眼前這個困難問題。推想的結果，揀定一種假定的解決，認為我的主張，這是思想的第三步功夫。凡是有價值的主張，都是先經過這三步功夫來的。不如此，不算輿論家，只可算是抄書手。

讀者不要誤會我的意思，我並不是勸人不研究一切學說和一切主義。學理是我們研究問題的一種工具，沒有學理作工具，就如同王陽明對著竹子癡坐，妄想「格物」，那是做不到的事。種種學說和主義，我們都應該研究。有了許多學理作材料，見了具體的問題，方才能尋出一個解決的方法。但是我希望中國的輿論家，把一切主義擺在腦背後、作參考資料，不要掛在嘴上作招牌，不要叫一知半解的人拾了這些半生不熟的主義去作口頭禪。

主義的大危險，就是能使人心滿意足，自以為尋著包醫百病的「根本解決」，從此用不著費心力去研究這個、那個具體問題的解決法了。

民國八年七月

註釋

❶ 麼：表疑問語氣，同「嗎」。
❷ 安福部：全名為「安福俱樂部」，中華民國初年政治組織。實際上，該俱樂部是一個議會政黨，凡重大議案均須經由該部議決，才能作為安福俱樂部提出的議案。而且，凡屬於安福俱樂部的議員，皆須在國會保持一致的主張。
❸ 恭維：阿諛奉承。
❹ 癥候：徵兆、跡象，也作「症候」。
❺ 流毒：留傳散布的禍害。
❻ 羅蘭夫人：法國大革命時期著名政治家。
❼ 曹錕：中華民國北洋政府第三任中華民國大總統。
❽ 盧永祥：民國初年軍事將領。

05

談新詩

新詩不拘格律，不拘平仄，不拘長短，這是第四次的詩體大解放。

民國六年一月一日，《新青年》第二卷第五號出版，裡面有我的朋友高一涵的一篇文章，題目是「一九一七年預想之革命」。他預想從那一年起，中國應該有兩種革命：

一、於政治上應揭破賢人政治之真相。

二、於教育上應打消孔教為修身大本之憲條。

高君的預言，不幸到今日還不曾實現。「賢人政治」的迷夢總算打破了一點，但是打破它的，並不是高君所希望的「立於萬民之後，破除自由之阻力，鼓舞自動之機能」的民治國家，乃是一種更壞、更腐敗、更黑暗的武人政治。至於孔教為修身大本的憲法，依現今的思想趨勢看來，這個當然不能成立。但是安福部的參議院已通過這種議案了，今年雙十節的前八日，北京還要演出一出徐世昌親自祀孔的好戲❶！

但是同一號的《新青年》裡，還有一篇文章叫作〈文學改良芻議〉，是新文學運動的第一次宣言書。《新青年》的第二卷第六號，接著發表了陳獨秀君的〈文學革命論〉。後來，七年四月裡又有一篇〈建設的文學革命論〉。這一種文學革命的運動，在我的朋友高君作那篇〈一九一七年預想之革命〉時雖然還沒有響動，但是自從一九一七年一月以來，這種革命——多謝反對黨送登廣告的影響——居然可算是傳播得很廣、很遠了。

文學革命的目的是要替中國創造一種國語的文學——活的文學。這兩年來的成績，國語的散文是已過了辯論的時期，到了多數人實行的時期了。只有國語的韻文——所謂新詩，還脫不了許多人的懷疑。但是現在作新詩的人也就不少了，報紙上所載的——自北京到廣州，自上海到成都——多有新詩出現。

二

我常說，文學革命的運動，不論古今中外，大概都是從「文的形式」一方面下手，大概都是先要求語言文字、文體等方面的大解放。歐洲三百年前，各國國語的文學起來代替拉丁文學時，是語言文字的大解放；十八、十九世紀，法國囂俄、英國華次活等人所提倡的文學改革，是詩的語言文字的解放；近幾十年來，西洋詩界的革命，是語言文字和文體的解放。

這一次中國文學的革命運動，也是先要求語言文字和文體的解放。新文學的語言是白話的，新文學的文體是自由的，是不拘格律的。初看起來，這都是「文的形式」一方面的問題，算不得重要，卻不知道形式和內容有密切的關係。形式上的束縛，使精神不能自由發展，使良好的內容不能充分表現。

若想有一種新內容和新精神，不能不先打破那些束縛精神的枷鎖、鐐銬。因此，中國近年的新詩運動可算得是一種「詩體的大解放」。因為有了這一層詩體的解放，所以豐富的材料、精密的觀察、高深的理想、複雜的感情，方才能跑到詩裡去。

五、七言八句的律詩決不能容豐富的材料；二十八字的絕句決不能寫精密的觀察；長短一定的七言、五言決不能委婉達出高深的理想與複雜的感情。最明顯的例就是周作人君的〈小河〉長詩（《新青年》六卷二號），這首詩是新詩中的第一首傑作，但是那樣細密的觀察，那樣曲折的理想，決不是那舊式的詩體、詞調所能達得出的。

周君的詩太長了，不便引證，我且舉我自己的一首詩作例：

〈應該〉

他也許愛我——也許還愛我——
但他總勸我莫再愛他。
他常常怪我；
這一天，他眼淚汪汪地望著我，

說道：「你如何還想著我？
想著我，你又如何能對他？
你要是當真愛我，
你應該把愛我的心愛他，
你應該把待我的情待他。」
他的話句句都不錯——
上帝幫我！
我「應該」這樣做！

這首詩的意思、神情都是舊體詩所達不出的。別的不消說，單說「他也許愛我——也許還愛我——」這十個字的幾層意思，可是舊體詩能表得出的嗎？

再舉康白情君的〈窗外〉：

窗外的閒月，
緊戀著窗內蜜也似的相思。
相思都惱了，
他還涎著臉兒在牆上相窺❷。

回頭月也惱了，

一抽身兒就沒了。

月倒沒了，

相思倒覺著捨不得了。

這個意思，若用舊詩體，一定不能說得如此細膩。就是寫景的詩，也需有解放了的詩體，方才可以有寫實的描畫。例如杜甫詩──「江天漠漠鳥飛去」，何嘗不好？但他為律詩所限，必須對上一句「風雨時時龍一吟」，就壞了。簡單的風景，如「高臺芳樹，飛燕蹴紅英❸，舞困榆錢自落❹」之類，還可用舊詩體描寫。稍微複雜、細密一點，舊詩就不夠用了。

如傅斯年君的〈深秋永定門晚景〉中的一段：

那樹邊，地邊，天邊，

如雲，如水，如煙，

望不斷──一線。

忽地裡撲喇喇一響，

一個野鴨飛去水塘，

彷彿像大車音浪，漫漫的工——東——噹。

又有種說不出的聲息，若續若不響。

這一段的第六行，若不用有標點符號的新體，決做不到這種完全寫實的地步。

又如俞平伯君的〈春水船〉中的一段：

對面來個縴人，
拉著個單桅的船徐徐移去。
雙櫓插在舷脣，
皺面開紋，
活活水流不住。
船頭曬著破網，
漁人坐在板上，
把刀劈竹拍拍地響。
船口立個小孩，又憨又蠢，
不知為什麼，
笑迷迷癡看那黃波浪。

這種樸素、真實的寫景詩乃是詩體解放後，最足使人樂觀的一種現象。

以上舉的幾個例，都可以表示詩體解放後，詩的內容之進步。我們若用歷史進化的眼光來看中國詩的變遷，方可看出自《三百篇》到現在，詩的進化沒有一回不是跟著詩體的進化來的。

《三百篇》中雖然也有幾篇組織很好的詩，如「氓之蚩蚩」、「七月流火」之類；又有幾篇很好的長短句，如「坎坎發檀兮」、「園有桃」之類；但是《三百篇》究竟還不曾完全脫去「風謠體」的簡單組織❺。直到南方的騷賦文學發生，方才有偉大的長篇韻文，這是一次解放。但是騷賦體用「兮」、「些」等字煞尾❻，停頓太多又太長，太不自然了。

故漢以後的五、七言古詩刪除沒有意思的煞尾字，變成貫串篇章，便更自然了。若不經過這一變，決不能產生〈焦仲卿妻〉、〈木蘭辭〉一類的詩，這是二次解放。五、七言成為正宗詩體以後，最大的解放莫如從詩變為詞。五、七言詩是不合語言之自然的，因為我們說話決不能句句是五字或七字。

詩變為詞，只是從整齊句法變為比較自然的參差句法。唐、五代的小詞雖然格調很嚴格，已比五、七言詩自然的多了。如李後主的「剪不斷，理還亂，是離愁。別有一般滋味在心頭」，這已不是詩體所能做得到的了。

試看晁補之的〈驀山溪〉：

愁來不醉，不醉奈愁何？

汝南周，東陽沈，

勸我如何醉？

這種曲折的神氣，決不是五、七言詩能寫得出的。

又如辛稼軒的〈水龍吟〉：

落日樓頭，斷鴻聲裡，江南遊子，

把吳鉤看了，欄干拍遍，

無人會，登臨意。

這種語氣也決不是五、七言的詩體能作得出的，這是三次解放。宋以後，詞變為曲，曲又經過幾多變化。根本上看來，只是逐漸刪除詞體裡所剩下的許多束縛自由的限制，又加上詞體所缺少的一些東西如襯字、套數之類。但是詞、曲無論如何解放，終究有一個根本的大拘束。詞、曲的發生是和音樂合併的，後來雖有可歌的詞，不必歌的曲，但是始終不能脫離「調子」而獨立，始終不能完全打破詞調、曲譜的限制。

直到近來的新詩發生，不但打破五言、七言的詩體，並且推翻詞調、曲譜的種種束縛；

不拘格律，不拘平仄，不拘長短；有什麼題目，作什麼詩；詩該怎樣作，就怎樣作，這是第四次的詩體大解放。這種解放，初看去似乎很激烈，其實只是《三百篇》以來的自然趨勢。自然趨勢逐漸實現，不用有意地鼓吹去促進它，那便是自然進化。自然趨勢有時被人類的習慣性、守舊性所阻礙，到了該實現的時候均不實現，必須用有意地鼓吹去促進它的實現，那便是革命了。一切文物制度的變化，都是如此的。

這種文學革命預算是辛亥大革命以來的一件大事，現在《星期評論》出這個雙十節的紀念號，要我作一萬字的文章。我想，與其枉費筆墨去談這八年來的無謂政治，倒不如讓我來談談這些比較有趣味的新詩罷。

三

上文我說新體詩是中國詩自然趨勢所必至的，不過加上了一種有意地鼓吹，使它於短時期內猝然實現❼，故表面上有詩界革命的神氣——這種議論很可以從現有的新體詩裡尋出許多證據。我所知道的「新詩人」，除了會稽周氏弟兄之外，大都是從舊式詩、詞、曲裡脫胎出來的。

沈尹默君初作的新詩是從古樂府化出來的，例如他的〈人力車夫〉：

日光淡淡，白雲悠悠。

風吹薄冰，河水不流。
出門去，僱人力車，
街上行人，往來很；
車馬紛紛，不知幹些什麼？
人力車上人——
個個穿棉衣，
個個袖手坐，
還覺風吹來，
身上冷不過。
車夫單衣已破，
他卻汗珠兒顆顆往下墮。

稍讀古詩的人都能看出這首詩是得力於「孤兒行」一類的古樂府的。我自己的新詩，詞調很多，這是不用諱飾的❽。例如前年作的〈鴿子〉：

雲淡天高，好一片晚秋天氣！

有一群鴿子，在空中遊戲。
看牠們三三兩兩，
迴環來往，
夷猶如意[9]。
忽地裡，翻身映日，
白羽襯青天，十分鮮麗！
就是今年作詩，也還有帶著詞調的。
例如〈送任叔永回四川〉的第二段：
你還記得，我們暫別又相逢，正是赫貞春好[10]？
記得江樓同遠眺，雲影渡江來，驚起江頭鷗鳥？
記得江邊石上，同坐看潮回，浪聲遮斷人笑？
記得那回同訪友，日暗風橫，林裡陪他聽松嘯？
懂得詞的人，一定可以看出這四長句，用的是四種詞調裡的句法。
這首詩的第三段便不同了：
這回久別再相逢，便又送你歸去，未免太匆匆！

多虧得天意多留你兩日，使我作得詩成相送。

萬一這首詩趕得上遠行人，

多替我說聲：「老任珍重，珍重！」

這一段便是純粹新體詩。此外新潮社的幾個新詩人——傅斯年、俞平伯、康白情——也都是從詞、曲裡變化出來的，故他們初作的新詩都帶著詞或曲的意味音節。

此外，各報所載的新詩，也很多帶著詞調的。例太多了，我不能遍舉，且引最近一期的《少年中國》（第二期）裡周無君的〈過印度洋〉：

圓天蓋著大海，黑水托著孤舟。

也看不見山，那天邊只有雲頭。

也看不見樹，那水上只有海鷗。

那裡是非洲？那裡是歐洲？

我美麗親愛的故鄉卻在腦後！

怕回頭，怕回頭，

一陣大風，雪浪上船頭，

颼颼——吹散一天雲霧一天愁。

這首詩很可表示這一半詞、一半曲的過渡時代了。

四

我現在且談新體詩的音節。

現在攻擊新詩的人，多說新詩沒有音節。不幸有一些作新詩的人也以為新詩可以不注意音節，這都是錯的。攻擊新詩的人，他們自己不懂得「音節」是什麼，以為句腳有韻，句裡有「平平仄仄」、「仄仄平平」的調子，就是有音節了。中國字的收聲不是韻母（所謂陰聲），便是鼻音（所謂陽聲），除了廣州入聲之外，從沒有用他種聲母收聲的。因此，中國的韻最寬。句尾用韻真是極容易的事，所以古人有「押韻便是」的挖苦話。押韻乃是音節上最不重要的一件事，至於句中的平仄，也不重要。古詩「相去日已遠，衣帶日已緩。浮雲蔽白日，遊子不顧返。」音節何等響亮？但是用平仄寫出來便不能讀了：

平仄仄仄仄，平仄仄仄仄。

平平仄仄仄，平仄仄仄仄。

又如陸放翁：

我生不逢柏梁建章之宮殿，安得峨冠侍遊宴？

頭上十一個字是「仄平仄平仄平仄平平平仄」，讀起來何以覺得音節很好呢？這是因為一來，這一句的自然語氣是一氣貫注下來的；二來呢，因為這十一個字裡面，逢宮疊韻、梁章疊韻、不柏雙聲、建宮雙聲，故更覺得音節和諧了。詩的音節全靠兩個重要分子：一是語氣的自然節奏，二是每句內部所用字的自然和諧。

至於句末的韻腳，句中的平仄，都是不重要的事。語氣自然、用字和諧，就是句末無韻也不要緊，例如上文引晁補之的詞：「愁來不醉，不醉奈愁何？汝南周，東陽沈，勸我如何醉？」這二十個字語氣又曲折又貫串，故雖隔開五個「小頓」方才用韻，讀的人毫不覺得。

新體詩中也有用舊體詩詞的音節方法來作的，最有功效的例是沈尹默君的〈三弦〉：

中午時候，火一樣的太陽，沒法去遮攔，讓它直曬長街上。

靜悄悄少人行路，只有悠悠風來，吹動路旁楊樹。

誰家破大門裡，半院子綠茸茸細草，都浮著閃閃的金光。

旁邊有一段低低的土牆，擋住了個彈三弦的人，卻不能隔斷那三弦鼓盪的聲浪。

門外坐著一個穿破衣裳的老年人，雙手抱著頭，他不聲不響。

這首詩從見解意境上和音節上看來，都可算是新詩中一首最完全的詩。看它第二段「旁邊」以下一長句中，旁邊是雙聲，有「一」是雙聲；「段」、「低」、「低」、「的」、「土」、

「擋」、「彈」、「的」、「斷」、「盪」、「的」十一個都是雙聲。這十一個字都是「端透定」的字，摹寫三弦的聲響，又把「擋」、「彈」、「斷」、「盪」四個陽聲的字和七個陰聲的雙聲字（段、低、低、的、土、的、的）參錯夾用，更顯出三弦的抑揚頓挫。

蘇東坡把韓退之〈聽琴詩〉改為送彈琵琶的詞，開端是「昵昵兒女語，燈火夜微明，恩怨爾汝來去，彈指淚和聲。」他頭上連用五個極短促的陰聲字，接著用一個陽聲的「燈」字，下面「恩冤爾汝」之後，又用一個陽聲的「彈」字，也是用同樣的方法。

吾自己也常用雙聲疊韻的法子來幫助音節的和諧，例如〈一顆星兒〉一首：

我喜歡你這顆頂大的星兒，
可惜我叫不出你的名字。
平日月明時，
月光遮盡了滿天星，總不能遮住你。
今天風雨後，悶沉沉的天氣，
我望遍天邊，尋不見一點半點光明。
回轉頭來，
只有你在那楊柳高頭依舊亮晶晶地。

這首詩「氣」字一韻以後，隔開三十三個字方才有韻，讀的時候全靠「遍、天、邊、見、點、半、點」一組疊韻字（遍、邊、半、叨，又是雙聲字），和「有、柳、頭、舊」一組疊韻字夾在中間，故不覺得「氣」、「地」兩韻隔開那麼遠。

這種音節方法，是舊詩音節的精彩（參看清代周春的《杜詩雙聲疊韻譜》），能夠容納在新詩裡，固然也是好事。但是，這是新、舊過渡時代的一種有趣味的研究，並不是新詩音節的全部。新詩大多數的趨勢，依我們看來，是朝著一個公共方向走的。

那個方向便是「自然的音節」，自然的音節是不容易解說明白的，我且分兩層說：

第一，先說「節」——就是詩句裡面的頓挫段落。舊體的五、七言詩是兩個字為一「節」的，隨便舉例如下：

風綻—雨肥—梅（兩節半）

江間—波浪—兼天—湧（三節半）

王郎—酒酣—拔劍—斫地—歌—莫哀（五節半）

我生—不逢—柏梁—建章—之—宮殿（五節半）

又—不得—身在—滎陽—京索—間（四節外兩個破節）

終—不似—一朵—釵頭—顫裊—向人—欹側（六節半）

新體詩句子的長短，是無定的；就是句裡的節奏，也是依著意義的自然區分與文法的自然區分來分析的。白話裡的多音字比文言多得多，並且不只兩個字的聯合，故往往有三個字為一節，或四、五個字為一節的。例如：

萬一——這首詩——趕得上——遠行人。

門外——坐著——一個——穿破衣裳的——老年人。

雙手——抱著頭——他——不聲——不響。

旁邊——有一段——低低的——土牆——擋住了個——彈三弦的人。

這一天——他——眼淚汪汪地——望著我——說道——你如何——還想著我？

想著我——你又如何——能對他？

第二，再說「音」——就是詩的聲調。新詩的聲調有兩個要件：一是平仄要自然，二是用韻要自然。白話裡的平仄，與詩韻裡的平仄有許多大不相同的地方。同一個字，單獨用來是仄聲，若同別的字連用，成為別的字的一部分，就成了很輕的平聲了。

例如「的」字、「了」字，都是仄聲字，在「掃雪的人」和「掃淨了東邊」裡，便不成仄聲了。我們簡直可以說，白話詩裡只有輕重高下，沒有嚴格的平仄。例如周作人君的〈兩個掃雪的人〉的兩行：

祝福你掃雪的人！

我從清早起，在雪地裡行走，不得不謝謝你。

「祝福你掃雪的人」上六個字都是仄聲，但是讀起來自然有個輕重高下；「不得不謝謝你」六個字又都是仄聲，但是讀起來也有個輕重高下。

又如同一首詩裡的「一面盡掃，一面盡下」八個字都是仄聲，但讀起來不但不拗口，並且有一種自然的音調。白話詩的聲調不在平仄的調劑得宜，全靠這種自然的輕重高下。

至於用韻一層，新詩有三種自由：第一，用現代的韻，不拘古韻，更不拘平仄韻。第二，平仄可以互相押韻，這是詞、曲通用的例，不單是新詩如此。第三，有韻固然好，沒有韻也不妨。新詩的聲調既在骨子裡——在自然的輕重高下，在語氣的自然區分——故有無韻腳都不成問題。例如周作人君的〈小河〉雖然無韻，但是讀起來自然有很好的聲調，不覺得是一首無韻詩，我且舉一段如下：

小河的水是我的好朋友，
他曾經穩穩地流過我面前，
我對他點頭，他對我微笑，
我願他能夠放出了石堰，

仍然穩穩地流著，
向我們微笑……
又如周君的〈兩個掃雪的人〉中一段：
一面盡掃，一面盡下：
掃淨了東邊，又下滿了西邊；
掃開了高地，又填平了窪地。
這是用內部詞句的組織來幫助音節，故讀時不覺得是無韻詩。

內部的組織——層次、條理、排比、章法、句法——乃是音節的最重要方法。我的朋友任叔永說：「自然二字也要點研究。」研究並不是叫我們去講究那些「蜂腰」、「鶴膝」、「合掌」等等玩意兒，乃是要我們研究內部的詞句應該如何組織安排，方才可以發生和諧的自然音節。

我且舉康白情君的〈送客黃浦〉一章作例：
送客黃浦，
我們都攀著纜——
風吹著我們的衣裳——

站在沒遮攔的船樓邊上。
看看涼月麗空，
才顯出淡妝的世界。
我想世界上只有光，
只有花，
只有愛！
我們都談著——
談到日本二十年來的戲劇，
也談到「日本的光，的花，的愛」的須磨子。
我們都相互地看著，
只是壽昌有所思，
他不曾看著我，
他不曾看著別的那一個。
這中間充滿了別意，
但我們只是初次相見。

五

我這篇隨便的詩談作得太長了，我且略談「新詩的方法」作一個總結的收場。

有許多人曾問我做新詩的方法，我說，作新詩的方法根本上就是作一切詩的方法；新詩除了「新體的解放」一項之外，別無他種特別的作法。

這話說得太攏統了⓫，聽的人自然又問，那麼作一切詩的方法究竟是怎樣呢？我說，詩需要用具體的作法，不可用抽象的說法。凡是好詩，都是具體的；越偏向具體的，越有詩意、詩味。凡是好詩，都能使我們腦子裡發生一種——或許多種——明顯逼人的影像，這便是詩的具體性。

李義山詩：「歷覽前賢國與家，成由勤儉敗由奢。」這不成詩，為什麼呢？因為他用的是幾個抽象的名詞，不能引起什麼明瞭濃麗的影像。

「綠垂紅折筍，風綻雨肥梅」是詩；「芹泥垂燕嘴，蕊粉上蜂鬚」是詩；「四更山吐月，殘夜水明樓」是詩，為什麼呢？因為它們都能引起鮮明撲人的影像。

「五月榴花照眼明」是何等具體的寫法！

「雞聲茅店月，人跡板橋霜」是何等具體的寫法！

「枯藤老樹昏鴉，小橋流水人家，古道西風瘦馬，夕陽西下——斷腸人在天涯！」這首小曲裡有十個影像連成一串，並作一片蕭瑟的空氣，這是何等具體的寫法！

以上舉的例都是眼睛裡起的影像。還有引起聽官裡的明瞭感覺的，例如上文引的「昵昵兒女語，燈火夜微明，恩怨爾汝來去，彈指淚和聲」是何等具體的寫法！

還有能引起讀者渾身的感覺的，例如姜白石詞：「暝入西山，漸喚我一葉夷猶乘興。」這裡面「一葉夷猶」四個合口的雙聲字，讀的時候使我們覺得身在小舟裡，在鏡平的湖水上蕩來蕩去，這是何等具體的寫法！

再進一步說，凡是抽象的材料，格外應該用具體的寫法，看《詩經》的〈伐檀〉：

坎坎伐檀兮，置之河之幹兮，

河水清且漣猗——

不稼不穡，胡取禾三百廛兮？

不狩不獵，胡瞻爾庭有懸貆兮？

社會不平等是一個抽象的題目，你看他卻用如此具體的寫法。

又如杜甫的〈石壕吏〉，寫一天晚上一個遠行客人，在一個人家寄宿，偷聽得一個捉差的公人同一個老太婆的談話⓬。寥寥一百二十個字，把那個時代的徵兵制度、戰禍、民生痛苦，種種抽象的材料，都一齊描寫出來了，這是何等具體的寫法！

再看白樂天的《新樂府》那幾篇好的，如〈折臂翁〉、〈賣炭翁〉、〈上陽宮人〉都是具體的寫法；那幾篇抽象的議論，如〈七德舞〉、〈司天臺〉、〈採詩官〉便不成詩了。

舊詩如此，新詩也如此。

現在報上登的許多新體詩，很多不滿人意的。我仔細研究起來，那些不滿人意的詩犯的都是一個大毛病——抽象的題目用抽象的寫法。

那些我不認得的詩人作的詩，我不便亂批評，我且舉一個朋友的詩作例：傅斯年君在《新潮》四號裡作了一篇散文，叫作〈一段瘋話〉，結尾兩行說道：

我們最當敬重的是瘋子，最當親愛的是孩子；瘋子是我們的老師，孩子是我們的朋友。我們帶著孩子，跟著瘋子走，走向光明去。

有一個人在北京《晨報》裡投稿，說傅君最後的十六個字是詩不是文。後來《新潮》五號裡傅君有一首〈前倨後恭〉的詩——一首很長的詩。我看了說，這是文，不是詩。

何以前面的文是詩，後面的詩反是文呢？因為前面那十六個字是具體的寫法，後面的長詩是抽象的題目用抽象的寫法。我且抄那詩中的一段，就可明白了：

倨也不由他，恭也不由他——

你還報他⑬。

向你倨，你也不削一塊肉；
向你恭，你也不長一塊肉。
況且終竟他要向你變的，理他呢！

這種抽象的議論是不會成為好詩的。

再舉一個例，《新青年》六卷四號裡面沈尹默君的兩首詩，一首是〈赤裸裸〉：

人到世間來，本來是赤裸裸，
本來沒汙濁，卻被衣服重重地裹著，這是為什麼？
難道清白的身不好見人嗎？那汙濁的，裹著衣服，就算免了恥辱嗎？

他本想用具體的比喻來攻擊那些作偽的禮教，不料結果還是一篇抽象的議論，故不成為好詩。

還有一首〈生機〉：

颳了兩日風，又下幾陣雪。
山桃雖是開著，卻凍壞了夾竹桃的葉。
地上的嫩紅芽，更僵了發不出。
人人說天氣這般冷，

草木的生機恐怕都被摧折；
誰知道那路旁的細柳條，
它們暗地裡卻一齊換了顏色！

這種樂觀，是一個很抽象的題目，他卻用最具體的寫法，故是一首好詩。

我們徽州俗話說，人自己稱讚自己的是「戲台裡喝彩」。我這篇〈談新詩〉裡常引我自己的詩作例，也不知犯了多少次「戲台裡喝彩」的毛病。現在且再犯一次，舉我的〈老鴉〉作一個「抽象的題目用具體的寫法」的例罷：

我大清早起，
站在人家屋角上啞啞地啼。
人家討嫌我，
說我不吉利：
我不能呢呢喃喃討人家的歡喜！

民國八年十月

註釋

❶ 徐世昌：中華民國北洋政府第二任中華民國大總統。

❷ 涎：厚著臉皮不以為恥。

❸ 蹴：踏踩。

❹ 榆錢：榆樹在春季結成的果實，因其外貌如錢而小，故被稱為「榆錢」。

❺ 風謠：風俗歌謠。

❻ 煞尾：文章的收尾，也作「殺尾」。

❼ 猝然：突然。

❽ 諱飾：隱瞞掩飾。

❾ 夷猶：猶豫遲疑不前，也作「夷由」。

❿ 赫貞：指「赫貞江」，位於美國紐約州，今日多半譯為哈德遜河。

⓫ 攏統：含混模糊、不具體，也作「籠統」。

⓬ 公人：古時在官署執行公務的差役。

⓭ 赧：害羞慚愧而臉紅。

06

嘗試集自序

嘗試成功自古無？
自古成功在嘗試！

我這三年以來作的白話詩若干首，分作兩集，總名為《嘗試集》。民國六年九月，我到北京以前的詩為第一集，以後的詩為第二集。民國五年七月以前，我在美國作的文言詩詞刪剩若干首，合為《去國集》，印在後面作一個附錄。

我的朋友錢玄同曾替《嘗試集》作了一篇長序，把應該用白話作文章的道理說得很痛快、透切。我現在自己作序，只說我為什麼要用白話來作詩。這一段故事，可以算是《嘗試集》產生的歷史，可以算是我個人主張文學革命的小史。

我作白話文字，起於民國紀元前六年（丙午），那時我替上海《競業旬報》作了半部章回小說，和一些論文，都是用白話作的。到了第二年（丁未），我因腳氣病，出學堂養病。病中無事，我天天讀古詩，從蘇武、李陵直到元好問，單讀古體詩，不讀律詩。那一年我也作了幾篇詩，內中有一篇五百六十字的〈遊萬國賽珍會〉和一篇近三百字的〈棄父行〉。

以後我常常作詩，到我往美國時，已作了兩百多首詩了。我先前不作律詩，因為我少時不曾學對對子❶，心裡總覺得律詩難作。後來偶然作了一些律詩，覺得律詩原來是最容易作的玩意兒，用來作應酬朋友的詩，再方便也沒有了。

我初作詩，人都說我像白居易一派。後來，我因為要學時髦，也做一番研究杜甫的功夫。但是我讀杜詩，只讀〈石壕吏〉、〈自京赴奉先詠懷〉一類的詩，律詩中五律我極愛讀，七律中最討厭〈秋興〉一類的詩，常說這些詩文法不通，只有一點空架子。

自民國前六、七年到民國前二年（庚戌），可算是一個時代。這個時代已有不滿意於當時舊文學的趨向了。我近來在一本舊筆記裡（名《自勝生隨筆》，是丁未年記的），翻出這幾條論詩的話：

作詩必使老嫗聽解❷，固不可；然必使士大夫讀而不能解，亦何故耶？

東坡云：「詩須有為而作。」元遺山云：「縱橫正有凌雲筆，俯仰隨人亦可憐。」這兩條都有密圈，也可見我十六歲時論詩的旨趣了。

民國前二年，我往美國留學。初去的兩年，作詩不過兩、三首，民國成立後，任叔永（鴻雋）、楊杏佛（銓）同來綺色佳❸，有了作詩的伴當了❹。集中〈文學篇〉所說：

明年任與楊，遠道來就我。

山城風雪夜，枯坐殊未可。
烹茶更賦詩，有倡還須和。
詩爐久灰冷，從此生新火。

都是實在情形。在綺色佳五年，我雖不專治文學，但也頗讀了一些西方文學書籍，無形之中，總受了不少的影響。所以我那幾年的詩，膽子已大得多。《去國集》裡的〈耶穌誕節歌〉和〈久雪後大風作歌〉都帶有試驗意味。後來作〈自殺篇〉，完全用分段作法，試驗的態度更顯明瞭。《藏暉室劄記》第三冊有跋〈自殺篇〉一段，說：「吾國作詩每不重言外之意，故說理之作極少。求一撲蒲已不可多得，何況華茨活、貴推與白朗吟矣！此篇以吾所持樂觀主義入詩。全篇為說理之作，雖不能佳，然途徑俱在。他日多作之，或有進境耳。」又跋云：「吾近來作詩，頗能不依人蹊徑[5]，亦不專學一家。命意固無從摹倣，即字句形式亦不為古人成法所拘，蓋頗能獨立矣。」

民國四年八月，我作一文論〈如何可使吾國文言易於教授〉。文中列舉方法幾條，還不曾主張用白話代文言，但那時我已明言：「文言是半死之文字，不當以教活文字之法教之。」又說：「活文字者，日用語言之文字，如英、法文是也；如吾國之白話是也。死文字者，如希臘、拉丁，非日用之語言，已陳死矣。半死文字者，以其中尚有日用之分子在也。如『犬』

字是已死之字，『狗』字是活字；『乘馬』是死語，『騎馬』是活語，故曰『半死文字』也。」

四年九月十七夜，我因為自己要到紐約，進哥倫比亞大學。梅覲莊要到康橋進哈佛大學，故作一首長詩送覲莊，詩中有一段說：「梅君梅君毋自鄙！神州文學久枯餒，百年未有健者起，新潮之來不可止，文學革命其時矣！吾輩勢不容坐視，且復號召二、三子，革命軍前杖馬箠❻，鞭笞驅除一車鬼，再拜迎入新世紀！以此報國未云菲，縮地戡天差可擬。梅君梅君毋自鄙！」原詩共四百二十字，全篇用了十一個外國字的譯音。

不料這十一個外國字就惹出了幾年的筆戰！任叔永把這些外國字連綴起來，作了一首遊戲詩送我：「牛敦，愛迭孫；培根，客爾文；索虜與霍桑，「煙士披裡純」：鞭笞一車鬼，為君生瓊英。文學今革命，作歌送胡生。」

我接到這詩，在火車上依韻和了一首，寄給叔永諸人：

詩國革命何自始？要須作詩如作文。琢鏤粉飾喪元氣，貌似來必詩之純。

小人行文頗大膽，諸公一一皆人英。願共僇力莫相笑❼，我輩不作腐儒生。

梅覲莊誤會我「作詩如作文」的意思，寫信來辯論，他說：

詩文截然兩途。詩之文字與文之文字，自有詩文以來，無論中西，已分道而馳……足下為詩界革命家，改良詩之文字則可；若僅移文之文字於詩，即謂之革命，謂之改良，則不可也……以其太易易也。

這封信逼我把詩界革命的方法表示出來。我的答書不曾留稿，今抄答叔永書一段如下：

適以為今日欲救舊文學之弊，先從滌除「文勝」之弊入手❽。今人之詩徒有鏗鏘之韻，貌似之辭耳。其中實無物可言。其病根在於重形式而去精神，在於以文勝質。

詩界革命當從三事入手：第一，須言之有物；第二，須講求文法；第三，當用「文之文字」時，不可故意避之，三者皆以質救文之弊也……覲莊所論「詩之文字」與「文之文字」之別，亦不盡當。

即如白香山詩：「城雲臣按六典書，任土貢有不貢無，道州水土所生者，只有矮民無矮奴！」李義山詩：「公之斯文若元氣，先時已入人肝脾。」此諸例所用文字，是「詩之文字」乎？抑「文之文字」乎？

又如適贈足下詩：「國事今成遍體瘡，治頭治腳俱所急。」此中字字皆覲莊所謂「文之文字」，可知「詩之文字」原不異「文之文字」，正如詩之文法原不異文之文法也。

「詩之文字」一個問題也是很重要的問題，因為有許多人只認風花雪月、蛾眉、朱顏、銀漢、玉容等字是「詩之文字」，作成的詩讀起來字字是詩！仔細分析起來，一點意思也沒有。所以，我主張用樸實無華的白描功夫，如白居易的〈道州民〉，如黃庭堅的〈題蓮華寺〉，如杜甫的〈自京赴奉先詠懷〉。這類的詩，詩味在骨子裡，在質不在文！沒有骨子的濫調詩人決不能作這類的詩。

所以，我的第一條件便是「言之有物」。因為注重之點在言中的「物」，故不問所用的文字是詩的文字，還是文的文字。覲莊認作「僅移文之文字於詩」，所以錯了。

這一次的爭論是民國四年到五年春間的事。那時影響我個人最大的，就是我平常所說的「歷史的文學進化觀念」。這個觀念是我的文學革命論的基本理論。《箚記》第十冊有五年四月五日夜所記一段如下：

文學革命，在吾國史上非創見也。即以韻文而論，《三百篇》變而為騷，一大革命也；又變為五言、七言，二大革命也；賦變而為無韻之駢文，古詩變而為律詩，三大革命也；詩之變而為詞，四大革命也；詞之變而為曲，為劇本，五大革命也。何獨於吾所持文學革命論而疑之？文亦遭幾許革命矣。

自孔子至於秦、漢，中國文體始臻完備。六朝之文……亦有可觀者，然其時駢儷之體大盛，文以工巧雕琢見長，文法遂衰。韓退之所以稱「文起八代之衰」者，其功在於恢復散文，講求文法。此一革命也。

宋人談哲理者，深悟古文之不適於用，於是語錄體興焉。語錄體者，禪門所嘗用，以俚語說理、記言。此亦一大革命也。

至元人之小說，此體始臻極盛。總之，文學革命至元代而極盛，其時之詞也、曲也、小說也，皆第一流之文學，而皆以俚語為之。其時，吾國真可謂有一種「活文學」出現。儻此革命潮流[9]（革命潮流，即天演進化之跡。自其異者言之，謂之革命；自其循序漸進之跡言之，即謂之進化可也），不遭明代八股之劫，不遭前後七子復古之劫，則吾國之文學已成俚語的文學；而吾國之語言早成為言文一致之語言，可無疑也。

但丁之創意大利文學，卻叟輩之創英文學，路得之創德文學，未足獨有千古矣。惜乎，五百餘年來，半死之古文、半死之詩詞，復奪此「活文學」之席。而「半死文學」遂苟延殘喘以至於今日……文學革命何可更緩耶！何可更緩耶！

過了幾天，我填了一首〈沁園春〉詞，題目就叫作「誓詩」，其實是一篇文學革命宣言書：「更不傷春，更不悲秋，以此誓詩。任花開也好，花飛也好。月圓固好，日落何悲！我聞之曰：『從天而頌，孰與制天而用之？』更安用，為蒼天歌哭，作彼奴為！文章革命何疑？且準備搴旗作健兒[10]。要前空千古，下開百世；收他臭腐，還我神奇！為大中華，造新文學，此業吾曹欲讓誰[11]？詩材料，有簇新世界[12]，供我驅馳！」

這首詞上半所攻擊的是中國文學「無病而呻」的惡習慣，我是主張樂觀、主張進取的人，故極力攻擊這種卑弱的根性；下半首是《去國集》的尾聲，是《嘗試集》的先聲。

以下要說發生《嘗試集》的近因了。

五年七月十二日，任叔永寄我一首〈泛湖即事〉詩。這首詩裡有「言棹輕楫，以滌煩屙[13]」，和「猜謎賭勝，載笑載言」等句。我回他的信說：

> 詩中「言棹輕楫」之言字及「載笑載言」之載字，皆係死字[14]。又如「猜謎賭勝，載笑載言」兩句，上句為二十世紀之活字，下句為三千年前之死句，殊不相稱也。

不料，這幾句話觸怒了一位旁觀的朋友。那時梅覲莊在綺色佳過夏，見了我給叔永的信，他寫信來痛駁我道：

> 足下所自矜為文學革命真諦者[15]，不外乎用「活字」以入文。於叔永詩中，稍古之字，皆所不取，以為非「二十世紀之活字」……大文字革新須洗去舊日腔套，務去陳言，固矣。然此非盡屏古人所用之字，而另以俗語、白話代之之謂也……足下以俗語、白話為向來文學上不用之字，驟以入文，似覺新奇而美，實則無永久價值。因其向未經美術家鍛煉，徒諉諸愚夫愚婦，無美術觀念者之口，歷世相傳，愈趨愈下，鄙俚乃不可言。足下得之，乃矜矜自喜，炫為創穫[16]，異矣。如足下之言，則人間材智，選擇、教育諸事皆無足算，而村農、傖父皆足為詩人、美術家矣[17]。

甚至非洲黑蠻、南洋土人，其言文無分者，最有詩人、美術家之資格矣。

至於無所謂「活文學」，亦與足下前此言之……文字者，世界上最守舊之物也……足下乃視改革文字如是之易乎？

覲莊這封信不但完全誤解我的主張，並且說了一些沒有道理的話，故我作了一首一千多字的白話遊戲詩答他。這首詩雖是遊戲詩，也有幾段莊重的議論，如第二段說：

文字沒有雅俗，卻有死活可道。
古人叫作欲，今人叫作要；
古人叫作至，今人叫作到；
古人叫作溺，今人叫作尿；
本來同是一字，聲音少許變了。
並無雅俗可言，何必紛紛胡鬧？
至於古人叫字，今人叫號；古人懸樑，今人上吊；
古名雖未必不佳，今名又何嘗不妙？
至於古人乘輿，今人坐轎；古人加冠束幘，今人但知戴帽；
若必叫帽作巾，叫轎作輿，豈非張冠李戴、認虎作豹？

又如第五段說：

今我苦口嘵舌[18]，算來卻是為何？

正要求今日的文學大家，

把那些活潑潑的白話，拿來鍛煉，拿來琢磨，拿來作文演說，作曲作歌——

出幾個白話的囂俄，和幾個白話的東坡，

那不是「活文字」是什麼？

那不是「活文學」是什麼？

這一段全是後來用白話作實地試驗的意思。

這首白話遊戲詩是五年七月二十二日作的，一半是朋友遊戲，一半是有意試作白話詩。

不料梅、任兩位都大不以為然，覲莊來信大罵我，他說：

讀大作如兒時聽蓮花落，真所謂革盡古今中外人之命者。足下誠豪健哉！蓋今之西洋詩界，若足下之張革命旗者，亦數見不鮮。最著者有所謂Futurism（未來主義）、Imagism（意象主義）、Free-Verse（自由體詩）及各種Decadent Movements in Literature and in Arts（文學與藝術上的頹廢主義運動）。大約皆足下俗話詩之流亞[19]，皆喜以「前無古人，後無來者」自豪；皆喜詭立名字，號召徒眾，以眩世人之耳目[20]，而已則從中得名士頭銜以去焉。

信尾又有兩段添入的話：

文章體裁不同，小說、詞、曲固可用白話；詩、文則不可。今之歐美狂瀾橫流，所謂「新潮流」。「新潮流」者，耳已聞之熟矣。誠望足下勿剽竊此種不值錢之新潮流，以哄國人也。

這封信頗使我不心服，因為我主張的文學革命，只是就中國今日文學的現狀立論，和歐美的文學新潮流並沒有關係。有時借鏡於西洋文學史也不過舉出三、四百年前，歐洲各國產生「國語的文學」的歷史，因為中國今日國語文學的需要很像歐洲當日的情形，我們研究他們的成績，也許使我們減少一點守舊性，增添一點勇氣。覲莊硬派我一個「剽竊此種不值錢之新潮流以哄國人」的罪名，我如何能心服呢？

叔永來信說：

足下此次試驗之結果，乃完全失敗是也。要之，白話自有白話用處（如作小說、演說等），然不能用之於詩。如凡白話皆可為詩，則吾國之京調、高腔，何一非詩？

烏乎適之[21]！吾人今日言文學革命，乃誠見今日文學有不可不改革之處，非特文言、白話之爭而已。吾嘗默省吾國今日文學界，即以詩論，其老者，如鄭蘇龕、陳伯嚴輩，其人頭腦已死，只可讓其與古人同朽腐；其幼者，如南社一流人，淫濫委瑣，亦去文學千里而遙。曠觀國內，如吾儕欲以文學自命者，捨自倡一種高美芳潔之文學，更無吾儕側身之地。以足下高才有為，何為捨大道不由，而必旁逸斜出，植美卉於荊棘之中哉？

唯以此作詩，則僕期期以為不可。今且假令足下之文學革命成功，將令吾國作詩者皆高腔、京調；而陶、謝、李、杜之流，將永不復見於神州，則足下之功又何若哉？

覲莊說：「小說、詞、曲固可用白話，詩文則不可。」叔永說：「白話自有白話用處（如作小說、演說等），然不能用之於詩。」這是我最不承認的。

我答叔永信中說：

白話入詩，古人用之者多矣。總之，白話之能不能作詩，此一問題全待吾輩解決。解決之法，不在乞憐古人，謂古之所無，今必不可有，而在吾輩實地試驗。一次「完全失敗」，何妨再來？若一次失敗，便「期期以為不可」，此豈科學的精神所許乎？

這一段乃是我的「文學的實驗主義」，我三年來所作的文學事業，只不過是實行這個主義。答叔永書很長，我且再抄一段：

今且用足下之字句以述吾夢想中之文學革命曰：

一、文學革命的手段：要令國中之陶、謝、李、杜敢用白話京調、高腔作詩；要令國中之陶、謝、李、杜皆能用白話京調、高腔作詩。

二、文學革命的目的：要令白話京調、高腔之中產出幾許陶、謝、李、杜。

三、今日決用不著陶、謝、李、杜的陶、謝、李、杜。若陶、謝、李、杜生於今日，仍作陶、謝、李、杜當日之詩，則決不能更有當日的價值與影響。何也？時代不同也。

四、吾輩生於今日，與其作不能行遠、不能普及的五經與兩漢、六朝、八家文字，不如作家喻戶曉的《水滸》、《西遊》文字。與其作似陶、似謝、似李、似杜的詩，不如作不似陶謝、不似李杜的白話詩；與其作一個學這個，學那個的鄭蘇盦、陳伯嚴，不如作一個「實地試驗」、「旁逸斜出」、「捨大道而弗由」的胡適之。

吾志決矣，吾自此以後，不更作文言詩詞。

這是第一次宣言不作文言詩詞。

過了幾天，我再答叔永道：

古人說：「工欲善其事，必先利其器。」文字者，文學之器也。我私心以為文言決不足為吾國將來文學之利器，施耐庵、曹雪芹諸人已實地證明作小說之利器在於白話，今尚需人實地試驗白話是否可為韻文之利器耳……我自信頗能用白話作散文，但尚未能用之於韻文。私心頗欲以數年之力實地練習之。倘數年之後，竟能用文言白話作文、作詩，無不隨心所欲，豈非一大快事？

我此時練習白話韻文，頗似新闢一文學殖民地。可惜需單身匹馬而往，不能多得同志，結伴同行。然吾去志已決，公等假我數年之期。倘此新國儘是沙磧不毛之地[22]，則我或終歸老於「文言詩國」亦未可知。儻幸而有成，則闢除荊棘之後，當開放門戶，迎公等同來蒞止耳[23]！狂言人道臣當烹，我自不吐定不快，人言未足為重輕，足下定笑我狂耳。

這時我已開始作白話詩，詩還不曾作得幾首，詩集的名字已定下了。那時我想起陸遊有一句詩：「嘗試成功自古無！」我覺得這個意思恰和我的實驗主義反對，故用「嘗試」兩字作我的白話詩集的名字，要看「嘗試」究竟是否可以成功。那時我已打定主意，努力作白話詩的試驗。心裡只有一點痛苦，就是同志太少了，需單身匹馬而往，我平時所最敬愛的一班朋友都不肯和我同去探險。

但是我若沒有這一班朋友和我打筆墨官司[24]，我也決不會有這樣的嘗試決心。莊子說得好：「彼出於是，是亦因彼。」我至今回想當時和那班朋友，一日一郵片、三日一長函的樂趣，覺得那真是人生最不容易有的幸福。我對於文學革命的一切見解，所以能結晶成一種有系統的主張，全都是同這一班朋友切磋、討論的結果。

五年八月十九日，我寫信答朱經農中有一段說：

新文學之要點，約有八事：

一、不用典；

二、不用陳套語；

三、不講對仗；

四、不避俗字、俗話；

五、須講求文法。

以上為形式的一方面；

六、不作無病之呻吟；

七、不摹倣古人，須語語有個「我」在；

八、須言之有物。

以上為精神（內容）的一方面。

這八條，後來成為一篇〈文學改良芻議〉（《新青年》第二卷第五號，六年一月一日出版），即此一端，便可見朋友討論的益處了。

我的《嘗試集》起於民國五年七月，到民國六年九月我到北京時，已成一小冊子了，這一年之中，白話詩的試驗室裡只有我一個人。因為沒有積極的幫助，故這一年的詩，無論怎樣大膽，終不能跳出舊詩的範圍。

我初回國時，我的朋友錢玄同說我的詩詞未能脫盡文言窠臼[25]，又說：「太文了！」美洲的朋友嫌「太俗」的詩，北京的朋友嫌「太文」了！這話我初聽了很覺得奇怪，後來平心一想，這話真是不錯。我在美洲作的《嘗試集》，實在不過是能勉強實行了〈文學改良芻議〉裡面的八個條件，實在不過是一些刷洗過的舊詩！

這些詩的大缺點就是仍舊用五言、七言的句法，句法太整齊了，就不合語言的自然，不能不有截長補短的毛病，不能不時時犧牲白話的字和白話的文法，來牽就五、七言的句法。音節一層，也受很大的影響：第一，整齊劃一的音節沒有變化，實在無味；第二，沒有自然的音節，不能跟著詩料隨時變化。因此，我到北京以後所作的詩，認定一個主義——若要作真正的白話詩，若要充分採用白話的字、白話的文法，和白話的自然音節，非作長短不一的白話詩不可。

這種主張，可叫作「詩體的大解放」。詩體的大解放就是把從前一切束縛自由的枷鎖、鐐銬一切打破：有什麼話，說什麼話；話怎麼說，就怎麼說。這樣方才可有真正白話詩，方才可以表現白話的文學可能性。《嘗試集》第二編中的詩，雖不能處處做到這個理想的目的，但大致都想朝著這個目的作去，這是第二集和第一集的不同之處。

以上說《嘗試集》發生的歷史，現在且說我為什麼趕緊印行這本白話詩集。我的第一個理由是因為這一年以來白話散文雖然傳播得很快、很遠，但是大多數的人對於白話詩仍舊很懷疑。還有許多人不但懷疑，簡直持反對的態度。因此，我覺得這個時候有一、兩種白話韻文的集子出來，也許可以引起一般人的注意，也許可以供贊成和反對的人作一種參考的材料。

第二，我實地試驗白話詩已經三年了，我很想把這三年試驗的結果供獻給國內的文人[26]，作為我的試驗報告。我很盼望有人把我試驗的結果，仔細研究一番，加上平心靜氣地批評，使我也可以知道這種試驗究竟有沒有成績，用的試驗方法，究竟有沒有錯誤。

第三，無論試驗的成績如何，我覺得我的《嘗試集》至少有一件事可以供獻給大家的。這一件可供獻的事就是這本詩所代表的「實驗的精神」。我們這一班人的文學革命論，所以同別人不同，全在這一點試驗的態度。

近來稍稍明白事理的人，都覺得中國文學有改革的必要。即如我的朋友任叔永，他也說：「烏乎！適之！吾人今日言文學革命，乃誠見今日文學有不可不改革之處，非特文言、白話之爭而已。」甚至於南社的柳亞子也要高談文學革命。

但是他們的文學革命論只提出一種空蕩蕩的目的，不能有一種具體進行的計畫。他們都說文學革命決不是形式上的革命，決不是文言、白話的問題。等到人問他們所主張的革命「大道」是什麼，他們可回答不出了。這種沒有具體計畫的革命——無論是政治的、是文學的——

決不能發生什麼效果。

我們認定文字是文學的基礎，故文學革命的第一步就是文字問題的解決。我們認定「死文字定不能產生活文學」，故我們主張若要造一種活的文學，必須用白話來作文學的工具，我們也知道單有白話未必就能造出新文學；我們也知道新文學必須要有新思想作裡子。

但是，我們認定文學革命須有先後的程序：先要做到文字體裁的大解放，方才可以用來作新思想、新精神的運輸品。我們認定白話實在有文學的可能，實在是新文學的唯一利器。但是國內大多數人都不肯承認這話——他們最不肯承認的，就是白話可作韻文的唯一利器。

我們對於這種懷疑、這種反對，沒有別的法子可以對付，只有一個法子，就是科學家的試驗方法。科學家遇著一個未經實地證明的理論，只可認它作一個假設，需等到實地試驗之後，方才用試驗的結果來批評那個假設的價值。

我們主張白話可以作詩，因為未經大家承認，只可說是一個假設的理論。我們這三年來，只是想把這個假設用來做種種實地試驗——作五言詩、作七言詩、作嚴格的詞、作極不整齊的長短句；作有韻詩、作無韻詩，做種種音節上的試驗——要看白話是不是可以作好詩，要看白話詩是不是比文言詩要更好一點，這是我們這班白話詩人的「實驗的精神」。

我這本集子裡的詩，不問詩的價值如何，總都可以代表這點實驗的精神。這兩年來，北京有我的朋友沈尹默、劉半農、周豫才、周啟明、傅斯年、俞平伯、康白情諸位，美國有陳衡哲女士，都努力作白話詩。白話詩的試驗室裡的試驗家漸漸多起來了，但是大多數的文人仍舊不敢輕易「嘗試」。

他們永不來嘗試嘗試，如何能判斷白話詩的問題呢？耶穌說得好：「收穫是很好的，可惜做工的人太少了。」所以我大膽把這本《嘗試集》印出來，要想把這本集子所代表的「實驗的精神」貢獻給全國的文人，請他們大家都來嘗試嘗試。

我且引我的《嘗試篇》作這篇長序的結論：「嘗試成功自古無！」放翁這話未必是。我今為下一轉語❷❼：「自古成功在嘗試！」請看藥聖嘗百草，嘗了一味又一味。又如名醫試丹藥，何嫌六百零六次？莫想小試便成功，那有這樣容易事！有時試到千百回，始知前功盡拋棄。即使如此已無愧，即此失敗便足記。告人「此路不通行」，可使腳力莫枉費。

我生求師二十年，今得「嘗試」兩個字。作詩、做事要如此，雖未能到頗有志。作「嘗試歌」頌吾師，願大家都來嘗試！

八年八月一日胡適

註釋

❶對子：對偶的詞句。
❷老嫗：年老的婦人。
❸綺色佳：位於美國紐約州的城市，為胡適曾就讀的康乃爾大學所在地。
❹伴當：跟隨作伴的朋友或僕從。
❺蹊徑：比喻治學、做事的方法。
❻馬箠：馬鞭。
❼僇力：齊心合力。
❽滌除：清除。
❾儻：如果、倘若，同「倘」。
❿搴旗：奪取敵人的旗幟。
⓫吾曹：我們、我輩。
⓬簇：聚攏。
⓭煩屙：擾人的疾病。
⓮係：「是」之意。
⓯矜：自誇、自負。
⓰炫：誇耀、顯示。
⓱傖父：鄙賤之人。
⓲嘵舌：多話、喋喋不休。

⑲流亞：同類的人物。

⑳眩：迷惑。

㉑烏乎：感嘆詞，同「嗚呼」。

㉒沙磧：沙漠。

㉓蒞止：到臨、到達。

㉔筆墨官司：以文字作書面上的爭辯。

㉕窠臼：比喻陳舊、一成不變的模式。

㉖供獻：供奉、呈獻。

㉗轉語：改變原來語句之意，而另作一語。

07

嘗試集再版自序

為何要讀《嘗試集》？
因其含有點歷史的興趣，並代表二、三十種音節上的試驗，也許可以供新詩人的參考。

這一點小小的「嘗試」，居然能有再版的榮幸，我不能不感謝讀這書的人的大度和熱心。近來我頗自己思想，究竟這本小冊子有沒有再版的需要？

現在，我決意再版了，我的理由是：

第一，這本書含有點歷史的興趣，我作白話詩，比較的可算最早，但是我的詩變化最遲緩。從第一編的〈嘗試篇〉、〈贈朱經農〉、〈中秋〉等詩變到第二編的〈威權〉、〈應該〉、〈關不住了〉、〈樂觀〉、〈上山〉等詩；從那些很接近舊詩的詩變到很自由的新詩——這一個過渡時期在我的詩裡最容易看得出。第一編的詩，除了〈蝴蝶〉和〈他〉兩首之外，實在不過是一些刷洗過的舊詩。作到後來的〈朋友篇〉，簡直又可以進《去國集》了！

第二編的詩，雖然打破了五言、七言的整齊句法，雖然改成長短不整齊的句子，但是初作的幾首，如〈一念〉、〈鴿子〉、〈新婚雜詩〉、〈四月二十五夜〉都還脫不了詞、曲的氣味與聲調。在這個時期裡，〈老鴉〉與〈老洛伯〉要算是例外的了。就是七年十二月的〈奔喪到家〉詩的前半首，還只是半闕添字的〈沁園春〉詞。故這個時期——六年秋天到七年年底——還只是一個自由變化的詞調時期。自此以後，我的詩方才漸漸作到「新詩」的地位。〈關不住了〉一首是我的「新詩」成立的紀元。〈應該〉一首，用一個人的「獨語」寫三個人的境地，是一種創體，古詩中只有〈上山採蘼蕪〉略像這個體裁。以前的〈你莫忘記〉也是一個人的「獨語」，但沒有〈應該〉那樣曲折的心理情境。自此以後，〈威權〉、〈樂觀〉、〈上山〉、〈週歲〉、〈一顆遭劫的星〉，都極自由、極自然，可算得我自己的「新詩」進化的最高一步。如初版最末一首的第一段：

熱極了！
更沒有一點風！
那又輕又細的馬纓花鬚，
動也不動一動！

這才是我久想作到的「白話詩」。
我現在回頭看我兩年前作的詩，如：

到如今，待雙雙登堂拜母，

只剩得荒草孤墳，斜陽淒楚！
最傷心，不堪重聽，燈前人訴，阿母臨終語！
真如同隔世了！不料，居然有一種守舊的批評家一面誇獎《嘗試集》第一編的詩，一面嘲笑第二編的詩，說〈中秋〉、〈江上〉、〈寒江〉等詩是詩，第二編最後的一些詩不是詩。又說：「胡適之上了錢玄同的當，全國少年又上了胡適之的當！」我看了這種議論，自然想起一個很相類的故事……

當梁任公先生的《新民叢報》最風行的時候，國中守舊的古文家，誰肯承認這種文字是「文章」？後來白話文學的主張發生了，那班守舊黨忽然異口同聲地說道：「文字改革到了梁任公的文章就很好了、盡夠了。何必去學白話文呢？白話文如何算得文學呢？」好在我的朋友康白情和別位新詩人的詩體變得比我更快，他們的無韻自由詩已很能成立。

大概不久就有人要說：「詩的改革到了胡適之的〈樂觀〉、〈上山〉、〈一顆遭劫的星〉，也盡夠了。何必又去學康白情的〈江南〉和周啟明的〈小河〉呢？」只怕那時我自己又已上康白情的當了！

以上說的是第一個理由。

第二，我這幾十首詩代表二、三十種音節上的試驗，也許可以供新詩人的參考。第一編的詩全是舊詩的音節，自不需討論。這二編裡，我最初愛用詞、曲的音節，例如〈鴿子〉一首，竟完全是詞；〈新婚雜詩〉的（二）、（五）也是如此。直到去年四月，我作〈送叔永回四川〉詩的第二段：

記得江樓同遠眺，雲影渡江來，驚起江頭鷗鳥？
記得江邊石上，同坐看潮回，浪聲遮斷人笑？
記得那回同訪友，日冷風橫，林裡陪他聽松嘯！

這三句都是從三種詞調裡出來的，這種音節未嘗沒有好處，如上文引的三句，懂音節的自然覺得有一種悲音含在寫景裡面。

我有時又想用雙聲疊韻的法子來幫助音節的諧婉，例如：

我不能呢呢喃喃討人家的歡喜。

這一句裡有九個雙聲。又如：

看牠們三三兩兩，
迴環來往，夷猶如意！

「三」、「環」，疊韻（今韻）；「兩」、「往」，疊韻；「夷」、「意」，疊韻。「回」、「環」，雙聲；「夷」、「猶」、「意」，雙聲。「如」字讀我們徽州音，也與「夷」、「猶」、

「意」，為雙聲。

如又：

我望遍天邊，尋不見一點半點光明；
回轉頭來，
只有你在那楊柳高頭，依舊亮晶晶地！

「遍」、「天」、「邊」、「見」、「點」、「半」、「點」七字，疊韻；「頭」、「有」、「柳」、「頭」、「舊」五字，疊韻。「遍」、「邊」、「半」，雙聲；「你」、「那」，雙聲；「有」、「楊」、「依」，雙聲。

又如：

也想不相思，可免相思苦。
幾次細思量，情願相思苦！

這詩近來引起了許多討論，我且藉這個機會說明幾句，這詩原稿本是：

也想不相思，免得相思苦。
幾度細思量，情願相思苦！

原稿用的「免得」確比改稿「可免」好。朱執信先生論本詩，說「免」字太響又太重要了，前面不當加一個同樣響亮的「可」字。這話極是，我當初也這樣想。第二句第一個「免」字與第四句第二個「願」字為韻，本來也可以的，古詩「文王曰諮，諮汝殷商」，便是一例。但我後來又怕讀的人不懂得這種用韻法，故勉強把「免」字移為第二個字，不料還有人說這首詩沒有韻！我現在索性在此處更正，改用「免得」罷。

至於第三句由「度」字，何以後來我自己改為「次」字呢？我因為「幾」、「細」、「思」三字都是「齊齒」音，故加一個「齊齒」的次字，使四個字都成「齊齒」音；況且這四個字之中，下三字的聲母又都是「齒頭」一類，故「幾次細思量」一句，讀起來使人不能不發生一種「咬緊牙齒忍痛」的感覺。

這是一種音節上的大膽試驗，姜白石的詞有：

> 暝入西山，漸喚我一葉夷猶乘興。

「一葉夷猶」四字使人不能不發生在平湖上蕩船，「畫橈不點明鏡」的感覺❶，也是用這個法子。

這種雙聲疊韻的玩意兒，偶然順手拈來，未嘗不能增加音節上的美感。如康白情的「滴滴琴泉，聽聽他滴的是什麼調子？」十四個字裡有十二個雙聲，故音節非常諧美。但這種玩意兒，只可以偶然遇著，不可以強求：偶然遇著了，略改一、兩個字——如康君這一句，原稿作「試聽」，後改為「聽聽」——是可以的。若去勉強、做作，便不是作詩了。唐宋詩人作的雙聲詩和疊韻詩，都只是遊戲，不是作詩。

所以我極贊成朱執信先生說的「詩的音節是不能獨立的」，這話的意思是說——詩的音節是不能離開詩的意思而獨立的，例如〈生查子〉詞的正格是：

仄仄仄平平，仄仄平平仄。

仄仄仄平平，仄仄平平仄。

下半闋也是如此。

但宋人詞：

去年元夜時，花市燈如晝。

月上柳梢頭，人約黃昏後。

今年元夜時，花市燈如舊。

不見去年人，淚濕春衫袖。

第一句與第五句都不合正格，但我們讀這詞，並不覺得它不合音節，這是因為它依著詞意的自然音節的緣故。

又如我的〈生查子〉詞，第七、八兩句是：

從來沒見他，夢也如何做？

第七句也不合正格，但讀起來也不見得音節不好，這也是因為它是依著意思的自然音節的。所以朱君的話可換過來說：「詩的音節必須順著詩意的自然曲折、自然輕重、自然高下。」再換一句說：「凡能充分表現詩意的自然曲折、自然輕重、自然高下的，便是詩的最好音節。」

古人叫作「天籟」的，譯成白話，便是「自然音節」。我初作詩以來，經過了十幾年冥行索塗的苦況❷；又因舊文學的習慣太深，故不容易打破舊詩詞的圈套。最近這兩、三年，玩過了多少種的音節試驗，方才漸漸有點近於自然的趨勢。

如〈關不住了〉的第三段：

一屋裡都是太陽光，
這時候愛情有點醉了，
他說：「我是關不住的，
我要把你的心打碎了！」

又如：

雪消了，

枯葉被春風吹跑了。
又如：
熱極了！
更沒有一點風！
那又輕又細的馬纓花鬚，
動也不動一動！
又如：
上面果然是平坦的路，
有好看的野花，
有遮陰的老樹。
但是我可倦了，
衣服都被汗濕遍了，
兩條腿都軟了。
我在樹下睡倒，
聞著那撲鼻的草香，

便昏昏沉沉地睡了一覺。

這種詩的音節，不是五、七言舊詩的音節，也不是詞的音節，也不是曲的音節，乃是「白話詩」的音節——以上說的是第二個理由。

我因為這兩個理由，所以敢把《嘗試集》再版。

有人說：「你這篇再版自序又犯了你們徽州人說的『戲台裡喝彩』的毛病，你自己說你自己那幾首詩好，那幾首詩不好，未免太不謙虛了。」這話說的也有理，但我自己也有不得已的苦心，我本來想讓看戲的人自己去評判。

但這四個月以來，看戲的人喝的彩很有使我自己難為情的：我自己覺得唱工、做工都不佳的地方，他們偏要大聲喝彩；我自己覺得真正「賣力氣」的地方，卻只有三、四個真正會聽戲的人叫一、兩聲好！我唱我的戲，本可以不管戲台下喝彩的是非。我只怕那些亂喝彩的看官把我的壞處認作我的好處，拿去咀嚼倣做，那我就真貽害無窮❸，真對不住列位看官的熱心了！

因此，我老著面孔，自己指出那幾首詩是舊詩的變相，那幾首詩是詞、曲的變相，那幾首詩是純粹的白話新詩，我刻詩的目的本來是要「請大家都來嘗試」。但是我曾說過，嘗試的結果：「告人此路不通行，可使腳力莫浪費。」這便是我不得不作這篇序的苦心。「戲台裡喝彩」是很難為情的事；但是有時候，戲台裡的人，實在有忍不住喝彩的心境，請列位看官不要見笑。

總結一句話，我自己承認〈老鴉〉、〈老洛伯〉、〈你莫忘記〉、〈關不住了〉、〈希望〉、〈應該〉、〈一顆星兒〉、〈威權〉、〈樂觀〉、〈上山〉、〈週歲〉、〈一顆遭劫的星〉、〈許怡蓀〉、〈一笑〉這十四篇是白話新詩。其餘的，也還有幾首可讀的詩，兩、三首可讀的詞，但不是真正白話的新詩。

這書初寫定時，全靠我的朋友章洛聲替我校抄寫定；付印後，又全靠他細心校對幾遍。這書初版沒有一個錯字，全是他的恩惠，我藉這個機會很誠懇地謝謝他。

民國九年八月四日胡適序於南京高等師範學校的梅盦

這半年以來，我作的詩很少。現在選了六首，加在再版裡。

適九，八，十五

《註釋》

❶ 橈：船槳。

❷ 冥行索塗：比喻研求學問不識門徑，暗中探索。

❸ 貽害：遺留禍害。

08

嘗試集
蝴蝶

天上太孤單

兩個黃蝴蝶，雙雙飛上天；
不知為什麼，一個忽飛還。
剩下那一個，孤單怪可憐；
也無心上天，天上太孤單。

創作背景

本詩於一九一六年八月二十三日作成，屬於胡適早期的詩篇。後來，胡適將本詩發表於一九一七年的《新青年》雜誌第二卷第六號，為《白話詩八首》的第一首，原題〈朋友〉，出書時改為〈蝴蝶〉。

一九一五年，胡適開始以白話作詩。爾後，他主張廢除舊體詩的格律，進而引起任叔永、梅光迪等同樣留學美國的朋友反對。同年九月，胡適提出文學革命的口號。一九一六年，胡適在美國正式決定實踐自己的「文學革命」主張——「自誓將致力於其所謂『活文學』」。當時的胡適深受西方新思想的影響，特別是杜威的「實驗主義」思想與方法。是以，胡適曾說道：「我的白話文學論不過是一個假設……我的白話詩的實地試驗，不過是我的實驗主義的一種應用。」

當時，胡適身邊大多數的中國朋友都極力反對其文學主張，所以在缺少知音朋友，加上孤身在國外求學的處境下，胡適心中的苦悶是顯而易見的。當胡適處於此等複雜、孤獨的情緒時，他偶然看見在天上單獨飛舞的蝴蝶，觸發其心中的滿腔愁緒，因而寫下本詩。

作品賞析

從藝術上論，其特色主要可概括以下幾方面：

一、有感而發，行文自由

本詩書寫胡適自己一時的感受，屬於有感而發之作。全詩使用白話文，不拘平仄，沒有用典，詩尾用韻，順著情感的流動自然寫成；其行文自由，意象清新，詩意淺露。在當時的傳統文學界，是一首大膽、創新的作品，具有劃時代的意義。

二、內涵豐厚又含蓄蘊藉

本詩抒寫胡適孤獨抑鬱的情緒，卻又不直白外露，顯得既有內涵又含蓄蘊藉。全詩寫一隻黃蝴蝶在天空中孤伶伶地飛舞，當其時，牠的同伴已經飛走了，是以被留下的黃蝴蝶備感惶惑、寂寞，而牠卻也已經無心飛上天，因為在那遼闊的天空中太孤單了。這隻孤獨的黃蝴蝶其實寫的就是胡適自身，同時也是其孤獨情緒的意象化。

三、舊體詩的痕跡明顯

胡適曾經說道：「我現在回頭看我這五年來的詩，很像一個纏過腳後來放大了的婦人回頭看她一年一年的放腳鞋樣，雖然一年放大一年，年年的鞋樣總還帶著纏腳時代的血腥氣。」是以，胡適總認為自己的詩作還不能算是真正的白話體新詩，例如本詩就還未能夠打破舊體詩的格局。雖然在音節、押韻等方面上，本詩都已經顯得隨心所欲。但從整體上來看，仍是明顯地受到舊體詩的束縛。

本詩的束縛就在於句法太過整齊，不符合語言的自然。不過本詩相對於胡適早期的白話詩作，已經更為自然了。諸如〈江上〉：「兩腳渡江來，山頭衝霧出。雨過霧亦出，江頭看落日。」以及〈月〉：「朋友照我床，臥看不肯睡。窗上青藤影，隨風舞娟媚。」

再從音節、句式、語言方面來看，已然近似於白話體新詩。胡適將本詩置於《嘗試集》第四版首篇，並在本詩的題目註有「本詩『天』、『憐』為韻，『還』、『單』為韻，故用西詩寫法，高低一格以別之。」本詩更體現胡適所推崇的杜甫與白居易兩人樸實無華的白描功夫、「言須有物」的主張。

由以上說明可以得知，本詩為胡適從舊體詩朝向白話體新詩過渡的代表作品，如他曾引用南宋著名詩人陸遊的詩句「但開風氣不為師」，來說明本詩的創作意義。

文學點評

當代知名作家李朝全《詩歌百年經典》一書中評論道：「這是一首堪稱中國最早的白話詩。白話詩採用了舊體五言律詩的體例，基本上遵照了平仄、押韻的規則，或許可謂是以舊瓶裝新酒。它昭示了新詩的一個發展方向。這首詩描寫了兩隻蝴蝶相依相伴的情景，生動形象如同畫面。」

中國當代文學研究學者黎風《新文學開拓者的詩歌藝術》中則說：「從詩的美學觀點來看，〈蝴蝶〉一詩的藝術美有下列幾點：第一，語言自然、樸素、口語化。第二，古人書寫友情的詩，多以楊柳來比擬，描寫愛情的詩多用蝴蝶、鴛鴦等形象來象徵。但胡適本詩，書寫友情既不用『楊柳依依』，而又把通常用於象徵愛情的『蝴蝶』用來象徵友情。這兩點都是別開生面、匠心獨運，因而他所創造的詩的形象與意境，就不僅生動逼真，而且新穎獨到，脫卻陳腐的老框子。第三，這首詩雖是五言，尚留有五言古詩的殘跡，但它不講平仄，不講死板的押韻，而做到了音節和諧、韻律自然，念起來上口，讀起來動聽。第四，這首詩寫友情，卻一字不露，具有詩的含蓄美，耐人咀嚼、尋味。由於上述優點，胡適的這首詩就首先證明了用白話寫詩也可以寫出好詩來，這對於破除對文言舊體的迷信、對白新詩的抗拒，自然要起積極的戰鬥作用。」

中國文學研究家方銘《中國現代文學經典評析》評道：「這首詩好在哪裡呢？第一，它是真情實感的抒發。胡適當時醞釀文學革命，首先痛感舊體詩無病呻吟，形式又束縛了思想感情的自由表達。除了理論提倡外，胡適決心嘗試率先從事白話新詩的創作。〈蝴蝶〉是因景起興、有感而發，所以它有活潑的生命詩的最可貴的本真的詩質。第二，這首詩儘管留有舊詩的痕跡，但總體上已實現了他的不用典、平仄、對仗的『詩須廢律』、『作詩如作文』的主張，讀來明白如話、新鮮活潑。所以在詩的語言和形式上，有重大的革命意義。」

09

嘗試集

鴿子

雲淡天高，
好一片晚秋天氣！
有一群鴿子，
在空中遊戲。
看牠們三三兩兩，
迴環來往，
夷猶如意。
忽地裡，翻身映日，
白羽襯青天，
十分鮮麗！

翻身映日
白羽襯青天

創作背景

本詩寫於一九一七年秋冬之際，由於當時的胡適剛從美國學成歸國，且執教於中國最高學府北京大學，加上他正與陳獨秀、李大釗等人推動新文化運動的發展，是以，新文學也開始以胡適、陳獨秀等人為核心發展。這些身分使得他在文學界的地位與影響力備受重視，本詩便是在這時期寫成的。

作品賞析

從藝術上來看，本詩的音節自然和諧，語氣自然流暢；其次，全詩押同一韻；加上本詩使用現代韻，擺脫了平仄的限制。因此，全詩既能自由地表達出其思想情感，又同時具有詩歌的音樂感。

而本詩的主旨雖然抽象，卻採用具體的寫法，將筆墨集中在描繪鴿子上，以及湛藍天空中「迴環往來，夷猶如意」和「翻身映日」的鮮麗畫面上，免除「抽象的題目用抽象的寫法」的弊病。

胡適在嘗試新詩寫作時，特別強調「詩體的大解放」，而〈鴿子〉一詩在這方面便是極為突出的。全詩六句，每句字數不等，音節數也參差不齊，用韻又隨意自然，語言更是相當口語化，可見本詩已經明顯突破舊體詩的格律束縛。

文學點評

現代文學評論家王彬曾於《二十世紀中國新詩選》說道：「在本詩中，胡適雖然描繪了一個意象，但儘量進行多角度的處理——『有一群鴿子，在空中遊戲』一遠景、『白羽襯青天』一特寫，從而加強了變化與層次，避免了呆板單調，呈現出一種亮麗的動態而留跡在讀者的腦海之中。」

著有《胡適評傳》的文學研究學者朱文華也曾說道：「〈鴿子〉實際上還留有文言舊詩的若干痕跡，如『夷猶如意』句，就不那麼通俗，也不夠口語化，甚至全詩還多少受著舊詩詞的影響。」

中國文學研究家方銘《中國現代文學經典評析》則評道：「胡適本詩正反映了這種飛揚向上、團結奮發的精神和氣象。」

10

嘗試集 老鴉

我不能呢呢喃喃討人家的歡喜

一

我大清早起，站在人家屋角上啞啞地啼。
人家討嫌我，說我不吉利；
我不能呢呢喃喃討人家的歡喜❶！

二

天寒風緊，無枝可棲。
我整日裡飛去飛回，整日裡又寒又飢。
我不能帶著鞘兒❷，翁翁央央地替人家飛❸；
不能叫人家繫在竹竿頭上，賺一把小米❹！

創作背景

本詩寫於一九一七年十二月十一日，當時由胡適、陳獨秀等人推展的新文化運動雖然帶來一股創新的力量，卻也受到傳統文化勢力的批評。於是，胡適便寫作本詩表明自己堅定的立場與堅決的態度。

作品賞析

本詩為詠物詩，其語言樸素簡潔，採用白描手法展現「老鴉」的生活與精神狀態。第一節寫別人對自己的態度——「人家討嫌我，說我不吉利」，帶出自己無法成為燕子「呢呢喃喃討人家的歡喜」的無奈；第二節寫出在「天寒風緊」的天氣下，老鴉只能「整日裡飛去飛回，整日裡又寒又饑」，無法成為鴿子「帶著鞘兒，翁翁央央地替人家飛」；又不願成為鸚鵡「叫人家繫在竹竿頭上，賺一把小米」。全詩以「老鴉」口吻自居，並將「老鴉」的形象與燕子、鴿子、鸚鵡進行對比，且以三次「不能」，呈現自己的堅持。

本詩還採用「抽象的題目用具體的寫法」的技巧，主要是以象徵手法，即以「寓言詩」的形式，將老鴉充分擬人化，透過老鴉的內心獨白來表現當時新文化運動倡導者的心理狀態。

而本詩的每一句話，都含有豐富的社會政治內涵，例如起首的「我大清早起，站在人家屋角上啞啞地啼」，描繪出新文化運動倡導者勇於表達自我主張的情景；「人家討嫌我，說我不吉利」，則呈現出當時傳統文化思想對於新文化思想的反彈。

至於第二節中的「天寒風緊，無枝可棲」和「我整日裡飛去飛回，整日裡又寒又饑」，顯然是隱喻新文化運動的倡導者受到反對與壓迫的困境。正因為有了上述詩句作為背景，以「老鴉」口吻說出來的話語，才更富有情感，引起讀者的共鳴。

文學點評

袁向東、陳翠平、劉茉琳合著之《中國現代文學原典導讀》說道：「全詩自然押韻，且使用了多個疊用象聲詞『啞啞』、『呢呢喃喃』、『翁翁央央』等❺，使詩歌在朗朗上口的同時富有韻律感和節奏感。」

莊叔炎所著之《中國詩之最》分析道：「綜觀全詩，通過擬人化手法，顯示老鴉的高尚品格，飽含對封建迷信和專制社會的批判精神。作者寫作的時候，正是『五四』前夕『賽先生』（科學）與『德先生』（民主）的民主思潮廣為傳播的時候。在胡適的白話詩中，這首寓言詩當時顯然產生過積極的影響。」

胡紹華所著之《中國現代文學名著選講》則說道：「〈老鴉〉就寫於這一革命浪潮之際，是一首託物譴懷的小詩。通篇採用比擬的手法，以『老鴉』自敘的口吻陳言寫意，委婉而形象地表現了作者當時的思想感情。本詩在很大程度上是可以視為夫子自道的。」

註釋

❶ 呢呢喃喃：形容燕子的叫聲。

❷ 鞘兒：指裝在鴿子尾部的鴿哨，當鴿子飛翔時會發出聲響。

❸ 翁翁央央：模擬鴿哨的聲響。

❹ 此句指鸚鵡。

❺ 象聲詞：模擬聲音的詞，也作「狀聲詞」、「擬聲詞」。

11 嘗試集 夢與詩

你不能作我的詩
正如我不能做你的夢

都是平常經驗，
都是平常影像，
偶然湧到夢中來，
變幻出多少新奇花樣，

都是平常情感，
都是平常言語，
偶然碰著個詩人，
變幻出多少新奇詩句！

醉過才知酒濃，愛過才知情重——
你不能作我的詩，正如我不能做你的夢。

創作背景

本詩作於一九二〇年，正值「五四運動」之際，當時的中國文化正處於「新、舊交替」與「東、西交替」的狀態，雙方爭論不下。胡適便在此時寫作本詩，以表明自己的想法與立場，暗指新文學的好或壞，只有身在其中的人才得以瞭解與領會。

作品賞析

本詩共分三節，皆有用韻。第一節寫夢的神奇，夢可以將平常的經驗和影像變幻出各種新奇花樣，從而產生出種種神奇的夢境；第二節則與第一節對舉，寫詩人彷佛擁有夢一般的神奇變幻能力，可以將平常的情感和言語變幻出各種新奇詩句。前兩段表達詩人的工作就像做夢一樣，能化腐朽為神奇，將平常的事物染上奇幻的色彩。

第三節則不僅對上面的意思進一步深化，更加以進行形象化地概括。並且，胡適將平常的情感、語言化為新奇的詩句：「醉過才知酒濃，愛過才知情重——」以細膩的語言表達人世間的一切，只有局中人方知其中味，如人飲水，冷暖自知。

文學點評

近代著名新月派詩人徐志摩評價道：「胡適本詩寫的淺暢明白、通俗感人、通俗易懂、自然樸質，這是初期白話詩的顯著特徵。」

近代著名象徵派詩人戴望舒曾說道：「〈夢與詩〉是胡適在『五四』時代的作品，這首簡短而明快的小詩，將『夢』與『詩』兩個完全不同概念的東西聯繫在一起。並在胡適嫻熟的技巧下讓人尋不出一絲一毫的不和諧。在胡適眼中夢與詩是相通的，都是寄託著平常生活中的期待。夢也許這是常人共有的模糊的經歷，在胡適筆下的詩中找到了契合點，在夢與詩間變得清晰明瞭。」

《新創作》雜誌主編彭國梁則評論道：「胡適的《嘗試集》是中國新詩的第一部詩集，也可以說他是中國新詩的開山祖師。胡適曾在本詩的後面附了一個自跋，跋云：『這是我的詩的經驗主義。』簡單一句話：做夢尚且要經驗作底子，何況作詩？現在人的大毛病就在愛作沒有經驗作底子……這詩是說理的，但讀起來有音的美、有理的趣。」

12

嘗試集 一念

我若真個害刻骨的相思
便一分鐘繞遍地球三千萬轉

我笑你繞太陽的地球，一日夜只打得一個迴旋；
我笑你繞地球的月亮，總不會永遠團圓；
我笑你千千萬萬大大小小的星球，
總跳不出自己的軌道線；
我笑你一秒鐘走五十萬里的無線電，
總比不上我區區的心頭一念！
我這心頭一念：
纔從竹竿巷❶，忽到竹竿尖❷；
忽在赫貞江上，忽在凱約湖邊❸；
我若真個害刻骨的相思，便一分鐘繞遍地球三千萬轉！

創作背景

胡適曾自言：「今年在北京，住在竹竿巷。有一天，忽然由竹竿巷想到竹竿尖。竹竿尖乃是吾家村後的一座最高山的名字，因此便作了本詩。」

作品賞析

本詩寫一時之感，詩中巧妙地運用反襯手法，直言無論是「地球」、「月亮」、「千千萬萬大大小小的星球」，抑或是「一秒鐘走五十萬里的無線電」都比不上胡適「區區的心頭一念」，使詩意得以昇華。為了這「一念」，胡適連用四層鋪墊，並且使用的都是「宇宙大觀」，更襯托出「刻骨的相思」的分量。再以「纔從竹竿巷，忽到竹竿尖；忽在赫貞江上，忽在凱約湖邊」、「便一分鐘繞遍地球三千萬轉」襯托出其「區區」心頭一念居然能跨越時空的侷限，表現其「一念」的力量。

文學點評

中國文學與文獻研究家方銘《中國現代文學經典評析》：「無論從內容到形式，就完全是一首嶄新的白話詩，即使遠距當時創作近八十年了的今天來讀，也覺得是一首具有現代意識的新詩。」

中國當代文學學會理事席揚《胡適名作欣賞》：「表面看來，〈一念〉所刻劃的純屬『意緒』❹，但含蘊其中的卻是對『自由』的禮讚❺。」

文學研究學者朱文華《新詩三百首鑒賞辭典》：「本詩以很小的篇幅包含了相當豐富的思想容量。」

《註釋》

❶ 纔：方、始、剛剛，通「才」。竹竿巷：胡適當時居住處的巷名。
❷ 竹竿尖：胡適當時所居住村莊的後山名。
❸ 凱約湖：位於美國紐約綺色佳（胡適曾就讀的康乃爾大學所在地）。
❹ 意緒：思緒、心緒。
❺ 禮讚：推崇、讚美。

13 差不多先生傳

無數無數的人，都學他的榜樣。於是人人都成了一個差不多先生——然而中國從此就成了一個懶人國了。

你知道中國最有名的人是誰？提起此人，人人皆曉，處處聞名。他姓差，名不多，是各省各縣各村人氏。你一定見過他，一定聽過別人談起他。差不多先生的名字，天天掛在大家的口頭，因為他是中國全國人的代表。

差不多先生的相貌，和你和我都差不多。他有一雙眼，但看的不很清楚；有兩隻耳朵，但聽的不很分明；有鼻子和嘴，但他對於氣味和口味都不很講究；他的腦子也不小，但他的記性卻不很精明，他的思想也不細密。

他常常說：「凡事只要差不多就好了，何必太精明呢？」

他小的時候，他媽媽叫他買紅糖，他買白糖回來。他媽媽罵他，他搖搖頭道：「紅糖同白糖，不是差不多嗎？」

他在學堂的時候，先生問他：「直隸省的西邊是那一省？」他說是陝西。先生說：「錯了。是山西，不是陝西。」他說：「陝西同山西，不是差不多嗎？」

後來他在一個錢舖裡作夥計❶，他也會寫，也會算，只是總不會精細，「十」字常常寫成「千」字，「千」字常常寫成「十」字。掌櫃的生氣了，常常罵他，他只是笑嘻嘻地賠小心道❷：「『千』字比『十』字只多一小撇，不是差不多嗎？」

有一天，他為了一件要緊的事，要搭火車到上海去，他從從容容地走到火車站，遲了兩分鐘，火車已開走了。他白瞪著眼，望著遠遠的火車上的煤煙，搖搖頭道：「只好明天再走了，今天走同明天走，也還差不多。可是火車公司未免太認真了，八點三十分開，同八點三十二分開，不是差不多嗎？」他一面說，一面慢慢地走回家，心理總不很明白為什麼火車不肯等他兩分鐘。

有一天，他忽然得了一急病，趕快叫家人去請東街的汪先生。那家人急急忙忙地跑過去，一時尋不著東街的汪大夫，卻把西街的牛醫王大夫請來了。差不多先生病在床上，知道尋錯了人，但病急了，身上的痛苦，心裡焦急，等不得了，心裡想道：「好在王大夫同汪大夫也差不多，讓他試試看罷。」於是這位牛醫王大夫走近床前，用醫牛的法子給差不多先生治病。不上一點鐘，差不多先生就一命嗚呼了❸。差不多先生差不多要死的時候，一口氣斷斷續續地說道：「活人同死人也差……差……差……不多，凡是只要……差……差……不多……就……好了，何……必……太……太認真呢？」他說完了這句格言❹，就絕了氣。

他死後，大家都很稱讚差不多先生樣樣事情看得破，想的通；大家都說他一生不肯認真，不肯算帳，不肯計較，真是一位有德行的人。於是大家給他取個死後的法號，叫他作「圓通大師」。他的名譽越傳越遠，越久越大，無數無數的人，都學他的榜樣。於是人人都成了一個差不多先生——然而中國從此就成了一個懶人國了。

註釋

❶ 夥計：受人僱用，替人做事者。

❷ 賠小心：對人低聲下氣，態度恭敬、謙虛，以博得好感或使人息怒。

❸ 一命嗚呼：指死亡。

❹ 格言：可以為人法則、砥礪言行的簡短詞語。

14

九年的家鄉教育

如果我學得了一絲一毫的好脾氣，如果我學得了一點點待人接物的和氣，如果我能寬恕人、體諒人——我都得感謝我的慈母。

我小時身體弱，不能跟著野蠻的孩子們一塊兒玩。我母親也不准我和他們亂跑亂跳。小時不曾養成活潑遊戲的習慣，無論在什麼地方，我總是文謅謅地❶。所以家鄉老輩都說我「像個先生樣子」，遂叫我做「穈先生」。這個綽號叫出去之後，人都知道三先生的小兒子叫作穈先生了❷。

既有「先生」之名，我不能不裝出點「先生」樣子，更不能跟著頑童們「野」了。有一天，我在我家八字門口和一班孩子「擲銅錢」，一位老輩走過，見了我，笑道：「穈先生也擲銅錢嗎？」我聽了羞愧地面紅耳熱，覺得太失了「先生」的身分！

大人們鼓勵我裝先生樣子，我也沒有嬉戲的能力和習慣，又因為我確是喜歡看書，故我一生可算是不曾享過兒童遊戲的生活。

每年秋天，我的庶祖母同我❸，到田裡去「監割」（頂好的田，水旱無憂，收成最好，佃戶每約田主來監割，打下穀子，兩家平分），我總是坐在小樹下看小說。

十一、二歲時，我稍活潑一點，居然和一班同學組織了一個戲劇班，做了一些木刀、竹槍，借得了幾副假鬍鬚，就在村口田裡做戲❹。我做的往往是諸葛亮、劉備一類的文角兒；只有一次我做史文恭❺，被花榮一箭從椅子上射倒下去❻，這算是我最活潑的玩藝兒了❼。

我在這九年之中，只學得了讀書、寫字兩件事。在文字和思想的方面，不能不算是打了一點底子，但別的方面都沒有發展的機會。

有一次我們村裡「當朋」（八都凡五村，稱為「五朋」，每年一村輪著做太子會，名為「當朋」）籌備太子會，有人提議要派我加入前村的崑腔隊裡，學習吹笙或吹笛。族裡長輩反對，說我年紀太小，不能跟著太子會走遍五朋，於是我便失掉了這學習音樂的唯一機會。

三十年來，我不曾拿過樂器，也全不懂音樂；究竟我有沒有一點學音樂的天資，我至今還不知道。

至於學圖畫，更是不可能的事。我常常用竹紙蒙在小說書的石印繪像上，摹畫書上的英雄、美人。有一天，被先生看見了，挨了一頓大罵，抽屜裡的圖畫都被搜出撕毀了。於是我又失掉了學作畫家的機會。

但這九年的生活，除了讀書、看書之外，究竟給了我一點人的訓練。在這一點上，我的恩師便是我的慈母。

每天，天剛亮時，我母親便把我喊醒，叫我披衣坐起。我從不知道她醒來坐了多久了。她看我清醒了，便對我說昨天我做錯了什麼事，說錯了什麼話，要我認錯，要我用功讀書。有時候她對我說父親的種種好處，她說：「你總要踏上你老子的腳步。我一生只曉得這一個完全的人，你要學他，不要跌他的股。」她說到傷心處，往往掉下淚來。

到天大明時，她才把我的衣服穿好，催我去上早學。學堂門上的鎖匙放在先生家裡；我先到學堂門口一望，便跑到先生家裡去敲門。先生家裡有人把鎖匙從門縫裡遞出來，我拿了跑回去，開了門，坐下唸生書。十天之中，總有八、九天我是第一個去開學堂門的。等到先生來了，我背了生書，才回家吃早飯。

我母親管束我最嚴，她是慈母兼任嚴父。但她從來不在別人面前罵我一句，打我一下。我做錯了事，她只對我一望，我看見了她的嚴厲眼光，便嚇住了。犯的事小，她等到第二天早晨，我眠醒時，才教訓我；犯的事大，她等到晚上人靜時，關了房門，先責備我，然後行罰，或罰跪，或擰我的肉。無論怎樣重罰，總不許我哭出聲音來。她教訓兒子不是藉此出氣叫別人聽的。

有一個初秋的傍晚，我吃了晚飯，在門口玩，身上只穿著一件單背心。這時候我母親的妹子玉英姨母在我家住，她怕我冷了，拿了一件小衫出來叫我穿上。我不肯穿，她說：「穿上吧，涼了。」

我隨口回答：「娘（涼）什麼！老子都不老子呀。」

我剛說了這一句，一抬頭，看見母親從家裡走出。我趕快把小衫穿上，但她已聽見這句輕薄的話了。

晚上人靜後，她罰我跪下，重重地責罰了一頓。她說：「你沒了老子，是多麼得意的事！好用來說嘴！」她氣得坐著發抖，也不許我上床去睡。我跪著哭，用手擦眼淚，不知擦進了什麼微菌，後來足足害了一年多的眼翳病。醫來醫去，總醫不好，我母親心裡又悔又急，聽說眼翳可以用舌頭舔去。有一夜她把我叫醒，真用舌頭舔我的病眼。

這是我的嚴師、我的慈母。

我母親二十三歲作了寡婦，又是當家的後母。這種生活的痛苦，我的笨筆寫不出一萬分之一二。

家中財政本不寬裕，全靠二哥在上海經營調度。

大哥從小便是敗子，吸鴉片煙、賭博，錢到手就光，光了便回家打主意，見了香爐便拿出去賣，撈著錫茶壺便拿出去押。我母親幾次邀了本家長輩來，給他定下每月用費的數目。但他總不夠用，到處都欠下煙債、賭債。

每年除夕，我家中總有一大群討債的，每人一盞燈籠，坐在大廳上不肯去。大哥早已避出去了。大廳的兩排椅子上滿滿的都是燈籠和債主。我母親走進走出，料理年夜飯、謝灶神、壓歲錢等事，只當作不曾看見這一群人。

到了近半夜，快要封門了❽，我母親才走後門出去，央一位鄰舍本家到我家來，每一家債戶開發一點錢，做好做歹的❾，這一群討債的才一個一個提著燈籠走出去。一會兒，大哥敲門回來了，我母親從不罵他一句，並且因為是新年，她臉上從不露出一點怒色。這樣的過年，我過了六、七次。

大嫂是個最無能而又最不懂事的人，二嫂是個很能幹而氣量很窄小的人。她們常常鬧意見，只因為我母親的和氣榜樣，她們還不曾有公然相罵相打的事。她們鬧事時，只是不說話、不答話，把臉放下來，叫人難看；二嫂生氣時，臉色變青，更是怕人。她們對我母親鬧氣時，也是如此。

我起初全不懂得這一套，後來也漸漸懂得看人的臉色了。我漸漸明白，世間最可厭惡的事莫如一張生氣的臉；世間最下流的事莫如把生氣的臉擺給旁人看，這比打、罵還難受。

我母親的氣量大、性子好，又因為作了後母、後婆，她更事事留心，事事格外容忍。大哥的女兒比我只小一歲，她的飲食、衣服總是和我的一樣。我和她有小爭執，總是我吃虧，母親總是責備我，要我事事讓她。後來大嫂、二嫂都生了兒子了，她們生氣時便打罵孩子來出氣，一面打，一面用尖刻有刺的話罵給別人聽。

我母親只裝作不聽見。有時候，她實在忍不住了，便悄悄走出門去，或到左鄰立大嫂家去坐一會，或走後門到後鄰度嫂家去閒談。她從不和兩個嫂子吵一句嘴。

每個嫂子一生氣，往往十天半個月不歇，天天走進走出，板著臉，咬著嘴，打罵小孩子出氣。我母親只忍耐著，忍到實在不可再忍的一天，她也有她的法子。這一天的天明時，她便不起床，輕輕地哭一場。她不罵一個人，只哭她的丈夫，哭她自己苦命，留不住她丈夫來照管她。她先哭時，聲音很低，漸漸哭出聲來。

我醒了起來勸她，她不肯住。這時候，我總聽得見前堂（二嫂住前堂東房）或後堂（大嫂住後堂西房）有一扇房門開了，一個嫂子走出房，向廚房走去。不多一會，那位嫂子來敲我們的房門了。我開了房門，她走進來，捧著一碗熱茶，送到我母親床前，勸她止哭，請她喝口熱茶。我母親慢慢停住哭聲，伸手接了茶碗。那位嫂子站著勸一會，才退出去。沒有一句話提到什麼人，也沒有一個字提到這十天半個月來的氣臉，然而各人心裡明白，泡茶進來的嫂子總是那十天半個月來鬧氣的人。奇怪的很，這一哭之後，至少有一、兩個月的太平清靜日子。

我母親待人最仁慈、最溫和，從來沒有一句傷人感情的話。但她有時候也很有剛氣，不受一點人格上的侮辱。我家五叔是個無正業的浪人⑩，有一天在煙館裡發牢騷，說我母親家中有事總請某人幫忙，大概總有什麼好處給他。這句話傳到了我母親耳朵裡，她氣得大哭，請了幾位本家來，把五叔喊來，她當面質問他，她給了某人什麼好處。直到五叔當眾認錯賠罪，她才罷休。

我在我母親的教訓之下住了九年，受了她的極大、極深的影響。我十四歲（其實只有十二歲零兩、三個月）便離開她了，在這廣漠的人海裡獨自混了二十多年，沒有一個人管束過我。如果我學得了一絲一毫的好脾氣，如果我學得了一點點待人接物的和氣，如果我能寬恕人、體諒人——我都得感謝我的慈母。

《註釋》

❶文謅謅：形容人的舉止、談吐溫文儒雅。
❷三先生：指胡適的父親「胡傳」，因原名「胡守珊」，一字「守三」，常被人稱作「三先生」。
❸庶祖母：舊時對祖父妾室的稱呼。
❹做戲：演出戲劇、戲曲。
❺史文恭：明代白話章回小說《水滸傳》中角色。
❻花榮：《水滸傳》中角色，為射術天下無雙的神箭手。
❼玩藝兒：用來寄託情趣或打發時間的事物，也作「玩意兒」。
❽封門：封閉門戶。
❾做好做歹：即「好說歹說」，用盡各種方法勸說。
❿浪人：行蹤無定，到處流浪的人。

第三章

胡適之名家評價

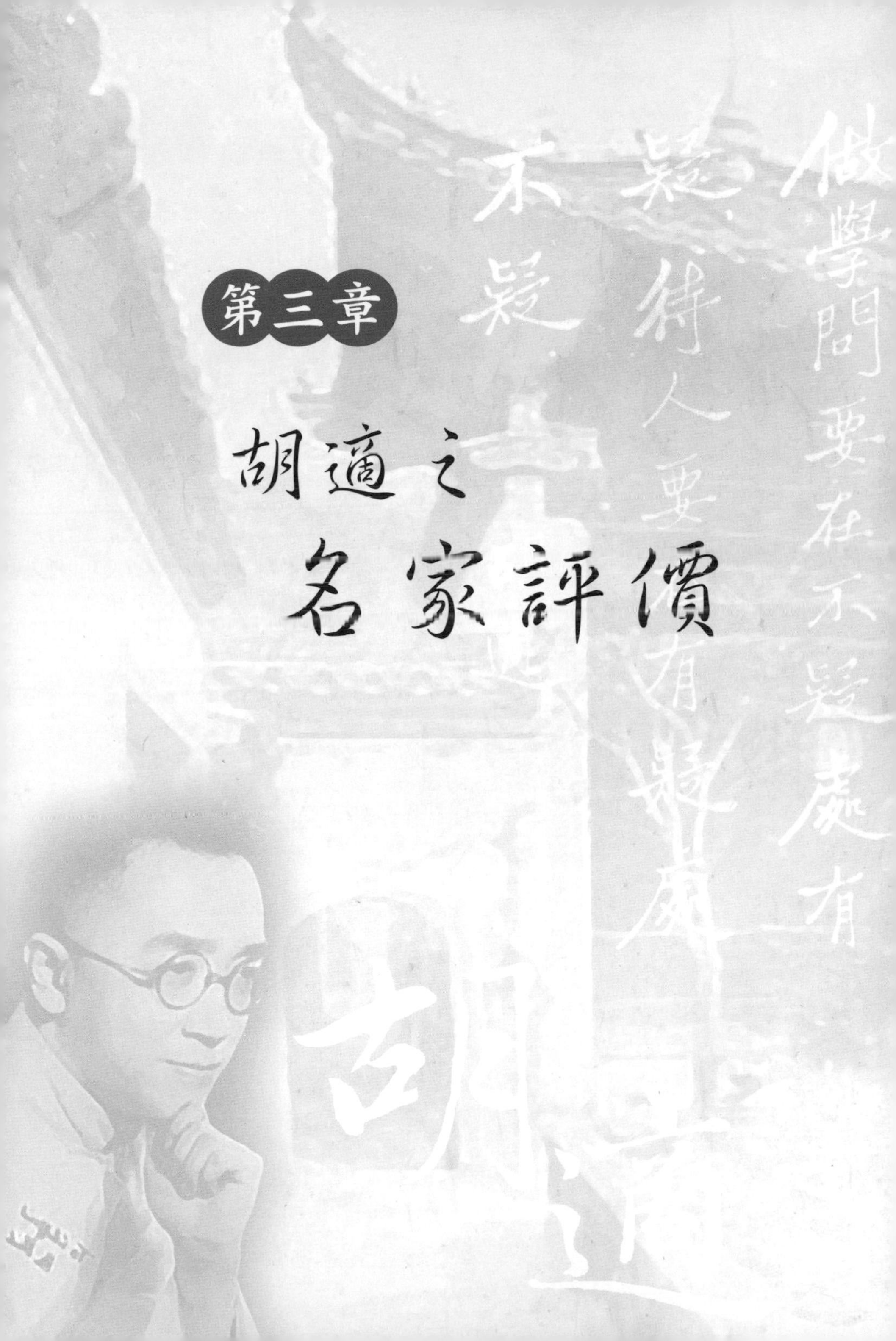
做學問要在不疑處有疑
待人要在有疑處不疑
胡適

01 胡適先生二三事

教求學——大膽的假設，小心的求證。
教做人——認真的做事，嚴肅的做人。

胡先生是安徽徽州績溪縣人，對於他的鄉土念念不忘，他常告訴我們他的家鄉的情形。徽州是個閉塞的地方❶，四面皆山，地瘠民貧，山地多種茶。每逢收茶季節，茶商經由水路從金華到杭州、到上海求售❷。所以上海的徽州人特多，號稱徽幫，其勢力一度不在寧幫之下，四馬路一帶就有好幾家徽州館子。民國十七、八年間，有一天，胡先生特別高興，請努生、光旦和我到一家徽州館吃午飯。上海的徽州館相當守舊，已經不能和新興的廣東館、四川館相比，但是胡先生要我們去嚐嚐他的家鄉風味。

我們一進門，老闆一眼望到胡先生，便從櫃台後面站起來笑臉相迎，滿口的徽州話，我們一點也聽不懂。等我們扶著欄杆上樓的時候，老闆對著後面廚房大吼一聲。我們落座之後，胡先生問我們是否聽懂了方才那一聲大吼的意義。我們當然不懂，胡先生說：「他是在喊——績溪老倌❸，多加油啊！」原來績溪是個窮地方，難得吃油大，多加油即是特別優待老鄉之意。果然，那一餐的油不在少。有兩個菜給我的印象特別深，一個是划水魚，即紅燒青魚尾，鮮嫩無比，一個是生炒蝴蝶麵，即什錦炒生麵片，非常別致❹。缺點是味太鹹、油太大。

徽州人聚族而居，胡先生常誇說，姓胡的、姓汪的、姓程的、姓吳的、姓葉的大概都是徽州，或是源出於徽州。他問過汪精衛、葉恭綽，都承認他們祖上是在徽州。努生調侃地說：「胡先生，如果再擴大研究下去，我們可以說中華民族起源於徽州了。」相與拊掌大笑❺。

吾妻季淑是績溪程氏，我在胡先生座中如遇有徽州客人，胡先生必定這樣地介紹我：「這是梁某某，我們績溪的女婿，半個徽州人。」他的記憶力特別好，他不會忘記提起我的岳家早年在北京開設的程五峰齋，那是一家在北京與胡開文齊名的筆墨店❻。

胡先生酒量不大，但很喜歡喝酒。有一次他的朋友結婚，請他證婚，這是他最喜歡做的事，筵席只預備了兩桌，禮畢入席，每桌備酒一壺，不到一巡而壺告罄❼。胡先生大呼添酒，侍者表示為難。主人連忙解釋，說新娘是Temperance League（節酒會）的會員。胡先生從懷裡掏出現洋一元交付侍者，他說：「不干新郎、新娘的事，這是我們幾個朋友今天高興，要再喝幾杯。趕快拿酒來。」主人無可奈何，只好添酒。

事實上胡先生從不鬧酒。民國二十年春，胡先生由滬赴平，道出青島。我們請他到青島大學演講，他下榻萬國療養院❽，講題是「山東在中國文化裡的地位」，就地取材，實在高明之至，對於齊魯文化的變遷❾，儒道思想的遞嬗❿，講得頭頭是道，聽眾無不歡喜。當晚，青大設宴，有酒如澠⓫，胡先生趕快從袋裡摸出一隻大金指環給大家傳觀，上面刻著「戒酒」二字，是胡太太送給他的。

胡先生交遊廣、應酬多，幾乎天天有人邀飲，家裡可以無需開伙⓬。徐志摩風趣地說：「我最羨慕我們胡大哥的腸胃，天天酬酢⓭，腸胃居然吃得消⓮！」其實胡先生並不欣賞這交際性的宴會，只是無法拒絕而已。民國二十年六月二十一日，胡先生寫信給我，勸我離開青島到北大教書，他說：「你來了，我陪你喝十碗好酒！」

胡先生住上海極司菲爾路的時候，有一回請新月一些朋友到他家裡吃飯，菜是胡太太親自做的——徽州著名的一品鍋。一隻大鐵鍋，口徑差不多有一呎，熱騰騰地端了上桌，裡面還在滾沸，一層雞，一層鴨，一層肉，點綴著一些蛋皮餃，緊底下是蘿蔔、白菜。胡先生詳細介紹這一品鍋，告訴我們這是徽州人家待客的上品，酒菜、飯菜、湯，都在其中矣。對於胡太太的烹調的本領，他是讚不絕口的。他認為另有一樣食品也是非胡太太不辦的，那就是蛋炒飯——飯裡看不見蛋而蛋味十足，我雖沒有品嚐過，可是我早就知道其做法是把飯放在攪好的蛋裡拌勻後，再下鍋炒。

胡先生不以書法名，但是求他寫字的人太多，他也喜歡寫。他作中國公學校長的時候[15]，每星期到吳淞三、兩次[16]，我每次遇見他都是看到他被學生們裡三層、外三層地密密圍繞著。學生要他寫字，學生需要自己備紙和研好的墨。他未到校之前，桌上已按次序排好一卷一卷的宣紙、一盤一盤的墨汁。他進屋之後就伸胳膊、挽袖子，揮毫落紙如雲煙，還要一面和人寒暄，大有「手揮五弦，目送飛鴻」之勢[17]。

胡先生的字如其人，清癯消瘦，而且相當工整，從來不肯作行草，一橫一捺都拖得很細、很長，好像是伸胳膊、伸腿的樣子。不像瘦金體，沒有那一份勁逸之氣，可是不俗。胡先生說起蔡孑民先生的字[18]，也是瘦骨嶙峋，和一般人點翰林時所寫的，以「黑」、「大」、「圓」、「光」著名的墨卷，迥異其趣，胡先生曾問過他，以他那樣的字何以能點翰林[19]，蔡先生答說：「也許是因為當時最流行的是黃山谷的字體罷[20]！」

胡先生最愛寫的對聯是「大膽的假設，小心的求證；認真的做事，嚴肅的做人」，我常惋惜，大家都注意上聯，而不注意下聯。這一聯有如雙翼，上聯教人求學，下聯教人做人，我不知道胡先生這一聯發生了多少效果。這一聯教訓的意味很濃，胡先生自己亦不諱言他喜歡用教訓的口吻，他常說：「說話而教人相信，必須斬釘截鐵、咬牙切齒、翻來覆去地說。聖經裡便是時常使用 Verily（實在的）以及 Thou shalt（你應當）等等的字樣。」胡先生說話並不武斷，但是語氣永遠是非常非常堅定的。

趙甌北的一首詩[21]——「李杜詩篇萬口傳，至今已覺不新鮮，江山代有才人出，各領風騷數百年」，也是胡先生所愛好的，顯然是因為這首詩的見解頗合於提倡新文學者的口味。

胡先生到台灣後，有一天我請他到師大講演，講的是〈中國文學的演變〉，以六十八高齡的人猶能談上兩個鐘頭而無倦色。在休息的時間，《中國語文》一月刊請他題字，他題了三十多年前的舊句：「山風吹散了窗紙上的松影，吹不散我心頭的人影。」

胡先生畢生服膺科學[22]，但是他對於中醫問題的看法並不趨於極端，和傅斯年先生一遇到孔庚先生便臉紅脖子粗的情形大不相同[23]。傅斯年先生反對中醫，有一次和提倡中醫的孔庚先生在國民參政會席上相對大罵，幾乎要揮老拳。胡先生篤信西醫，但也接受中醫治療。

十四年二月孫中山先生病危，從醫院遷出，住進行館，改試中醫，由適之先生偕名醫陸仲安診視。這一段經過是大家知道的。陸仲安，徽州人，一度落魄，住在績溪會館所以才認識胡先生，偶然為胡先生看病，竟奏奇效，故胡先生為他揄揚[24]，名醫之名不脛而走。事實上，陸先生亦有其不平凡處，盛名固非幸致。

十五、六年之際，我家裡有人患病即常延陸來診。陸先生診病，無模棱兩可語，而且處方下藥分量之重令人驚異。藥必須要到同仁堂去抓，否則不悅。每服藥必定是大大的一包，小一點的藥鍋便放不進去，貴重的藥更要大量使用。他的理論是——看準了病便要投以重劑猛攻。後來在上海有一次胡先生請吃花酒[25]，我發現陸先生亦為席上客，那時候他已是大腹便便、僕僕京滬道上專為要人治病的名醫了[26]。

胡先生左手背上有一肉瘤隆起，醫師勸他割除，他就在北平協和醫院接受手術，他告訴我醫師們動手術的時候，動用一切應有的設備，鄭重其事的為他解除這一小患，那份慎重將事的態度使他感動[27]。又有一次乘船到美國去開會，醫師勸他先割掉盲腸再做海上旅行，以免途中萬一遭遇病發而難以處治，他欣然接受了外科手術。

我沒看見過胡先生請教中醫或服中藥，可是也不曾聽他說過反對中醫、中藥的話。

胡先生從來不在人背後說人的壞話，而且也不喜歡聽人在他面前說別人的壞話。有一次他聽了許多不相干的閒話之後，喟然而歎曰：「來說是非者，便是是非人！」相反的，人有一善，胡先生輒津津樂道，真是口角春風[28]。徐志摩給我的一封信裡有「胡聖潘仙」一語，是因為胡先生向有「聖人」之稱，潘光旦只有一條腿可躋身八仙之列，並不完全是戲謔。

但是譽之所至，謗亦隨之。胡先生到台灣來，不久就出現了《胡適與國運》匿名小冊，後來匿名者顯露了真姓名，胡先生夷然處之[29]，不予理會。胡先生興奮地說，大陸上印出了三百萬字清算胡適思想，言外之意——《胡適與國運》太不成比例了。胡先生返台定居，本來是「落葉歸根」，非常明智之舉，但也不是沒有顧慮。

首先，台灣氣候並不適宜。一九五七年十一月二十五日給陳之藩先生的信就說：「請胸部大夫檢查兩次X光照片都顯示肺部有弱點（舊的、新的）。此君很不贊成我到台灣的潮冷又潮熱的氣候去久住。」但是一九五六年十一月十八日給趙元任夫婦的信早就說過㉚：「我現在的計畫是要在台中或台北……為久居之計。不管別人歡迎不歡迎，討厭不討厭，我在台灣是要住下去的，我也知道一定有人不歡迎我長住下去。」可見胡先生決意來台定居，醫生的意見也不能左右他，不歡迎他的人只好寫寫《胡適與國運》罷了。

一九六〇年七月十日，胡先生在西雅圖舉行「中美文化合作會議」發表的一篇講演，是很重要的文獻，是英文的。同年，中央日報有中文譯稿。在這篇講演裡胡先生歷述中國文化之演進的大綱，結論是——我相信人道主義及理性主義的中國傳統，並未被毀滅，且在所有情形下不能被毀滅！大聲疾呼，為中國文化傳統作獅子吼，在座的中美聽眾一致起立歡呼鼓掌久久不停，情況是非常動人。事後有一位美國學者稱道這篇演講具有「邱吉爾作風」，我覺得像這樣的言論才算得是弘揚中國文化。

當晚，在旅舍中胡先生取出一封複印信給我看，是當地主人華盛頓大學校長歐地嘉德先生特意複印給胡先生的。這封信是英文的，是中國人寫的英文，起草的人是誰不問可知，是寫給歐地嘉德的，具名連署的人不下十餘人之多，其中有委員，有教授，有男有女。信的主旨大概是說，胡適是中國文化的叛徒，不能代表中國文化，此番出席會議未經合法推選程序，不能具有代表資格，特予鄭重否認云云。我看過之後交還了胡先生，問他怎樣處理，胡先生微笑著說：「不要理他！」我不禁想起《胡適與國運》。

胡先生在師大講演中國文學的變遷，彈的還是他的老調。我給他錄了音，音帶藏師大文學院英語系。他在講詞中提到律詩及評劇，斥為「下流」。聽眾中喜愛律詩及評劇的人士大為驚愕，當時面面相覷，事後議論紛紛。我告訴他們這是胡先生數十年一貫的看法，可驚的是他幾十年後一點也沒有改變。中國律詩的藝術之美、評劇的韻味，都與胡先生始終無緣。八股、小腳、鴉片是胡先生所最深惡痛絕的，我們可以理解，律詩與評劇似乎應該屬另一範疇。

胡先生對於禪宗的歷史下過很多功夫，頗有心得，但是對於禪宗本身那一套奧義並無好感。有一次朋友宴會飯後要大家題字，我偶然地寫了「無門關」的一偈[31]，胡先生看了很吃一驚，因此談起禪宗，我提到日本鈴木大拙所寫的幾部書[32]，胡先生正色說：「那是騙人的，你不可信他。」

梁實秋

註釋

❶閉塞：偏僻、交通不便。

❷金華：位於浙江省中部，西北近臨杭州市。

❸老倌：稱呼比較熟悉的人以示親暱。

❹別致：新奇、與眾不同，也作「別緻」。

❺相與：相偕、相互。拊掌：拍手。

❻胡開文：著名徽商，製墨行家。

❼巡：酌酒奉客一次為一「巡」。告罄：完盡。

❽下榻：投宿、住宿。

❾齊魯文化：以今中國山東省為中心形成和發展的一種地域文化。

❿遞嬗：指交替轉換。

⓫有酒如澠：酒如澠水之多，指酒多。澠：指「澠水」，流經山東。

⓬開伙：開辦伙食，煮飯燒菜。

⓭酬酢：筵席中主客互相敬酒，後泛指交際應酬。

⓮吃得消：支持得住、受得了。

⓯中國公學：創立於上海，為中國最早的大學之一。

⓰吳淞：位於上海市寶山區，大致為今日吳淞街道及附近一帶的範圍，為上海早期的高等學府集中的地方。

⓱手揮五弦，目送飛鴻：出自魏晉時期著名的文學家與思想家嵇康的〈贈秀才入軍〉。形容手眼並

用，得心應手的神態。

⑱ 蔡子民：指蔡元培，其字子民。為中國近代民族學研究的先驅革命家、教育家、政治家。

⑲ 點翰林：清代入選朝廷儲才之所翰林院，稱為「點翰林」。

⑳ 黃山谷：指黃庭堅，其號山谷道人，工於書法。北宋時，與蘇軾、米芾和蔡襄並稱「宋四家」。

㉑ 趙甌北：指趙翼，其號甌北，清代文學家、史學家。

㉒ 服膺：記在心中，不會忘記。

㉓ 傅斯年：近代歷史學家、五四運動學生領袖之一、中央研究院歷史語言研究所創辦者。孔庚：清末民初軍事將領、政治人物。

㉔ 揄揚：稱揚、讚譽。

㉕ 花酒：有女勸酒之酒宴，稱為「花酒」。

㉖ 大腹便便：形容肚子很大的樣子。僕僕：勞頓的樣子。

㉗ 將事：奉命行事或進行某種事務。

㉘ 口角春風：比喻用美言為人吹噓或說好話。

㉙ 夷然：神態鎮定的樣子。

㉚ 趙元任：現代著名語言學家、哲學家，並被稱為「漢語語言學之父」。

㉛ 偈：佛教文學的詩歌無韻，義為「頌」，每偈由四句構成。

㉜ 鈴木大拙：日本佛學學者，法號大拙，別號也風流居士。

02

懷念胡適先生

胡先生，和其他的偉大人物一樣，平易近人，「溫而厲」是最好的形容。

胡先生長我十一歲，所以我從未說過「我的朋友胡適之」，我提起他的時候必稱「先生」，晤面的時候亦必稱「先生」。但並不完全是由於年齡的差異。

胡先生早年有一部《留學日記》，後來改名為《藏暉室日記》，內容很大一部分是他的讀書箚記，以及他的評論；小部分是他私人生活，以及友朋交遊的記載。我讀過他的日記之後，深感自愧弗如，我在他的那個年齡，還不知道讀書的重要，而且思想也尚未成熟。如果我當年也寫過一部留學日記，其內容的貧乏與幼稚是可以想見的。所以，以學識的豐儉、見解的深淺而論，胡先生不只是長我十一歲，可以說長我二十一歲、三十一歲，以至四十一歲。

胡先生有寫日記的習慣，《留學日記》只是個開端，以後的日記更精彩。先生住在上海極司菲爾路的時候，有一天我和徐志摩、羅努生去看他，胡太太說：「適之現在有客，你們先到他書房去等一下。」志摩領頭上樓進入他的書房。書房不大，是樓上亭子間，約三、四坪，容不下我們三個人坐，於是我們就站在他的書架前面東看看西看看。志摩大叫一聲：「快來看，我發現了胡大哥的日記！」書架的下層有一尺多高的一疊稿紙——新月的稿紙。

這稿紙是胡先生自己訂製的，一張十行，行二十五字，邊寬格大，胡先生說這樣的稿紙比較經濟，寫錯了就撕掉也不可惜。後來，這樣的稿紙就在新月書店公開發售，有宣紙、毛邊兩種。我認為很合用，直到如今我仍然使用仿製的這樣的稿紙。

胡先生的日記是用毛筆寫的，至少我看到的這一部分是毛筆寫的，他寫得相當工整，他從不寫行草，總是一筆一捺的，規規矩矩。最令我們驚異的是，除了私人記事之外，他每天剪貼報紙，包括各種新聞在內，因此篇幅多得驚人，兼具時事資料的彙集，這是他的日記一大特色，可說是空前的。酬酢宴席之中的座客一一列舉，偶爾也有我們的名字在內，努生就笑著說：「得附驥尾❶，亦可以不朽矣！」我們匆匆看了幾頁，胡先生已衝上樓來，他笑容滿面地說：「你們怎可偷看我的日記？」隨後他嚴肅地告訴我們：「我生平不治資產，這一部日記將是我留給我的兒子們唯一的遺贈，當然是要在若干年後才能發表。」

我自偷看了胡先生的日記以後，就常常記掛，不知何年何月，這部日記才得面世。胡先生回台定居，我為了洽商重印《胡適文存》到南港去看他。我就問起這麼多年日記是否仍在繼續寫，他說並未間斷，只有未能繼續使用毛筆，也沒有稿紙可用，所以改用洋紙本了，同時內容亦不如從前之詳盡，但是每年總有一本，現已積得一箱。胡先生原擬那一箱日記就留在美國，胡太太搬運行李時誤把一箱日記也帶來台灣。

胡先生故後，胡先生的一些朋友曾有一次會談，對於這一箱日記很感難於處理，聽說後來又運到美國，詳情我不知道。我現在只希望這一部日記能在妥人照料之中，將來在適當的時候全部影印出來，而沒有任何竄改增刪。

胡先生在學術方面有很大部分精力用在《水經注》的研究上。在北平時，他曾經打開他的書櫥，向我展示其中用硬紙夾夾著的稿子，凡數十夾，都是《水經注》研究。他很得意地向我指指點點——這是趙一清的說法，這是全祖望的說法，最後是他自己的說法，說得頭頭是道。

我對《水經注》沒有興趣，更無研究，聽了胡先生的話，覺得他真是用功讀書，肯用思想。我乘間向他提起❷：「先生青年寫《廬山遊記》，考證一個和尚的墓碑，寫了八千多字，登在《新月》上，還另印成一個小冊，引起常燕生先生一篇批評，他說先生近於玩物喪志，如今這樣地研究《水經注》是否值得？」

胡先生說：「不然。我是提示一個治學的方法。前人著書立說，我們應該是者是之，非者非之，冤枉者為之辨誣，作偽者為之揭露。我花了這麼多力氣，如果能為後人指示一個做學問的方法，不算是白費。」胡先生引用佛書上常用的一句話「功不唐捐」❸——沒有功夫是白費的。

我私下裡想，功夫固然不算白費，但是像胡先生這樣一個人，用這麼多功夫，做這樣的工作，對於預期可能得到的效果，是否成比例，似不無疑問，不只我一個人有這樣的想法。一九六〇年十二月二十七日，《中央日報》副刊登了一首康華先生的詩，題目是〈南港，午夜不能成寐，有懷胡適之先生〉，我抄在下面：

你靜悄悄地躲在南港，不知道這幾天是何模樣。
莫非還在東找西翻，為了那個一百二十歲的和尚？
聽說你最近有過去處，又在埋頭搞那《水經注》。
為何不踏上新的征途，盡走偏僻的老路？
自然這一切卻也難怪，這是你的興趣所在。
何況一字一句校勘出來，其樂也甚於掘得一堆金塊。
並且你也有很多的道理，更可舉出很多的事例。
總之何足驚奇！
這便是科學的方法和精神所寄。

不過這究竟是個太空時代，人家已經射了一個司普尼克❹，希望你領著我們趕上前來，在這一方面做幾個大膽的假設！

我午夜枕上思前想後，牽掛著南港的氣候。

當心西伯利亞和隔海的寒流，會向著我們這邊滲透！

這首詩的意思很好，寫得也宛轉敦厚❺，尤其是胡適之式的白話詩體，最能打動胡先生的心。他初不知此詩作者為誰，但是他後來想到康是健康的康，華是中華的華，他也就猜中了。他寫了這樣一封信給此詩作者：

××兄：

近來才知道老兄有康華的筆名，所以我特別寫封短信，向你道謝贈詩的厚意。我原想作一首詩答康華先生，等詩成了，再寫信；可惜我多年不作詩了，至今還沒有寫成，所以先寫信道謝。詩若寫成，一定先寄給老兄。

你的詩猜中了！在你作詩的前幾天，我還在東找西翻，為了那個一百二十歲的和尚！寫了一篇〈三勘虛雲和尚年譜〉的筆記，被陳漢光先生在《台灣風物》上發表了。原意是寫給老兄轉給康華詩人看的，現在只好把印本寄呈了❻。

老兄此詩寫得很好，我第一天見了就剪下來黏在日記裡，自記云：「康華不知是誰？這詩很明白流暢，很可讀。」

我在民國十八年一月曾擬〈中國科學社的社歌〉，其中第三節的意思頗像大作的第三節。今將剪報一紙寄給老兄，請指正。

敬祝新年百福。

弟適上，一九六〇，一，四

擬〈中國科學社的社歌〉：

我們不崇拜自然，它是個刁鑽古怪。
我們要捶它、煮它，要使它聽我們指派。
我們叫電氣推車，我們叫以太送信❼——
把自然的秘密揭開，好叫它來服侍我們人。
我們唱天行有常，我們唱致知窮理。
不怕它真理無窮，進一寸有一寸的歡喜。

胡先生的思想好像到了晚年就停滯不進，考證《虛雲和尚年譜》、研究《水經注》，自有其價值，但不是我們所期望於胡先生的領導群倫的大事業。

於此，我有一點解釋。一個人在一生中有限的歲月裡，能做的事究竟不多。真富有創造性或革命性的大事，除了領導者本身才學、經驗之外，還有時代環境的影響，交相激盪，乃能觸機而發，震爍古今。少數人登高一呼，多數人聞風景從[8]。胡先生領導白話文運動、倡導思想自由、宏揚人權思想，均應作如是觀，所以我們對於一個曾居於領導地位的人不可期望過奢。胡先生常說「但開風氣不為師」，開風氣的事，一生能做幾次？

胡先生的人品，比他的才學，更令人欽佩。前總統蔣先生在南港胡墓橫題四個大字——「德學俱隆」是十分恰當的。

胡先生名滿天下，但是他實在並不好名。有一年，胡先生和馬君武、丁在君、羅努生作桂林之遊，所至之處，輒為人包圍。胡先生說：「他們是來看猴子！」胡先生說他實在是為名所累。

胡先生的婚姻常是許多人談論的題目，其實這是他的私事，不干他人。他結婚的經過，在他《四十自述》裡已經說得明白。他重視母命，這是偉大的孝道，他重視一個女子的畢生幸福，這是偉大的仁心。幸福的婚姻，條件很多，而且有時候不是外人所能充分理解的。沒有人的婚姻是沒有瑕疵的，夫妻配合，相與容忍，這婚姻便可維持於長久。五四以來，社會上有很多知名之士，視糟糠如敝屣，而胡先生沒有走上這條路。我們敬佩他的為人，至於許許多多瑣瑣碎碎的捕風捉影之談，我們不敢輕信。

大凡真有才學的人，對於高官厚祿可以無動於衷，而對於後起才俊則無不獎愛有加。梁任公先生如此，胡先生亦如此。他住在米糧庫的那段期間，每逢星期日「家庭開放」，來者不拒，經常是高朋滿座，包括許多慕名而來的後生。這表示他不僅好客，而且於舊雨、今雨之外❾，還隱隱然要接納一般後起之秀。有人喜歡寫長篇大論的信給他，向他請益，果有一長可取，他必認真作答，所以現在有很多人藏有他的書箚——他藉頻繁的通信認識了一些年輕人。

大約二十年前左右，由台灣到美國去留學進修是相當困難的事，至少在簽證的時候兩千美元存款的保證就很難籌措。胡先生有一筆款，前後貸給一些青年助其出國，言明希望日後歸還，以便繼續供應他人。有人問他為什麼要這樣做，他說：「這是獲利最多的一種投資。你想，以有限的一點點的錢，幫個小忙，把一位有前途的青年送到國外進修，一旦所學有成，其貢獻無法計量，豈不是最划得來的投資❿？」

他這樣做，沒有一點私心，我且舉一例。師範大學有一位理工方面的助教，學業成績異常優秀，得到了美國某大學的全份獎學金，就是欠缺簽證保證，無法成行。理學院長陳可忠先生、校長劉白如先生對我談起，我就建議由我們三個聯名求助於胡先生。就憑我們這一封信，胡先生慨然允諾，他回信說：

可忠、白如、實秋三兄：

×××君事，理應幫忙，今寄上Cashier's check一張⓫，可交×××君保存。簽證時此款即可生效。將來他到了學校，可將此款由當地銀行取出，存入他自己名下，便中用他自己的支票寄還我。

匆匆敬祝大安

弟適之，一九五五，六，十五

像這樣近於仗義疏財的事，他做了多少次，我不知道。我相信，受過他這樣提攜的人會永久感念他的恩德。

胡先生喜歡談談政治，但是無意仕進⓬。他最多不過提倡人權，為困苦的平民抱不平。他講人權的時候，許多人還譏笑他，說他是十八世紀的思想，說他講的是崇拜天賦人權的陳腐思想，人權的想法是和各種形式的獨裁政治格格不入的。在這一點上，胡先生的思想沒有落伍，依然是站在時代的前端。

他不反對學者從政，他認為好人不出來從政，政治如何能夠清明？所以他的一些朋友走入政界，他還鼓勵他們，只是他自己不肯踏上仕途。行憲開始之前，蔣先生推薦他作第一任的總統，他都不肯作，他自己知道他不是作政治家的材料。我記得有些人士想推他領導一個政治運動，他謙遜不遑地說⓭：「我不能做實際政治活動。我告訴你，我從小是生長於婦人之手。」這句話是什麼意思？生長於婦人之手，是否暗示養成「婦人之仁」的態度？是否指自己膽小，不夠心狠手辣？當時看他說話的態度十分嚴肅，大家沒好追問下去。

抗戰軍興，國家民族到了最後關頭，他奉派為駐美大使，他接受了這個使命。政府有知人之明，他有臨危受命的勇氣。沒有人比他更適合於這個工作，而在他是不得已而為之。數年任內，僕僕風塵，做了幾百次講演，必力交瘁。大使有一筆特支費，是不需報銷的。胡先生從未動用過一文，原封繳還國庫，他說：「旅行演講有出差交通費可領，站在台上說話不需要錢，特支何為？」像他這樣廉價，並不多見，以我所知，羅文于先生作外交部長便是一個不要特支費的官員。此種事鮮為外人所知，即使有人傳述，亦很少有人表示充分的敬意，太可怪了。

我認識胡先生很晚，親炙之日不多⓮，頂多不過十年。而且交往不密，連師友之間的關係都說不上，所以我沒有資格傳述先生盛德於萬一。不過在我的生活回憶之中也有幾件有關係的事值得一提。

一樁事是關於莎士比亞的翻譯。我從未想過翻譯莎士比亞，覺得那是非常艱巨的事，應該讓有能力的人去做。我在清華讀書的時候，讀過《哈姆雷特》、《朱利阿斯．西撒》等幾個戲，巢堃林教授教我們讀魁勒·考赤的《莎士比亞歷史劇本事》，在美國讀書的時候上過哈佛的吉退之教授的課，他教我們讀了《馬克白》與《亨利四世上篇》，同時看過幾部莎氏劇的上演。我對莎士比亞的認識僅此而已，翻譯四十本莎氏全集是想都不敢想的事。

民國十九年底，胡先生開始任事於中華教育文化基金董事會（即美國庚款委員會）的翻譯委員會，他一向熱心于翻譯事業，現在有了基金會支持，他就想規模的進行。約五年之內出版了不少作品，包括關琪桐先生譯的好幾本哲學書，如培根的《新工具》等，羅念先生譯的希臘戲劇數種，張谷若先生譯的哈代小說數種，陳綿先生譯的法國戲劇數種，還有我譯的莎士比亞數種。如果不是日寇發動侵略[15]，這個有計畫而且認真的翻譯工作會順利展開。可惜抗戰一起，這個工作暫時由張子高先生負責了一個簡略時期之後便停止了。

胡先生領導莎士比亞翻譯工作的經過，我無庸細說，我在這裡公開胡先生的幾封信，可以窺見胡先生當初如何熱心發動這個工作。原擬五個人擔任翻譯——聞一多、徐志摩、葉公超、陳西瀅和我，期以五年、十年完成，經費暫定為五萬元。我立刻就動手翻譯，擬一年交稿兩部。沒想到另外四位始終沒有動手，於是這工作就落在我一個人頭上了。

在抗戰開始時我完成了八部——四部悲劇、四部喜劇，抗戰期間又完成了一部歷史劇，以後拖拖拉拉三十年終於全集譯成。胡先生不是不關心我的翻譯，他曾說在全集譯成之時他要舉行一個盛大酒會，可惜全集譯成，開了酒會之時，他已逝世了。

有一次他從台北乘飛機到美國去開會，臨行前他準備帶幾本書在飛行中閱讀。那時候我譯的《亨利四世下篇》剛好由明華書局出版不久，他就選了這本書作為他的空中讀物的一部分。他說：「我要看看你的譯本能不能令我一口氣讀下去。」胡先生是最講究文字清楚明白的，我的譯文是否夠清楚明白，我不敢說，因為莎士比亞的文字有時候也夠艱澀的。以後我沒得機會就這件事向胡先生請教。領導我、鼓勵我、支持我，使我能於斷斷續續三十年間完成莎士比亞全集的翻譯者，有三個人：胡先生、我的父親、我的妻子。

另一樁事是胡先生於民國二十三年，約我到北京大學去擔任研究教授兼外文系主任。北大除了教授名義之外，還有所謂名譽教授與研究教授的名義，名譽教授是對某些資深教授的禮遇，固無論矣。所謂研究教授則是胡先生的創意，他想藉基金會資助、吸收一些比較年輕的人到北大，作為生力軍、新血輪[16]，待遇比一般教授高出四分之一，授課時數亦相當減少。原有的教授之中也有一些被聘為研究教授的。

我在青島教書已有四年，原無意他往，青島山明水秀，民風淳樸，是最宜於長久居住的地方。承胡先生不棄，邀我去北大，同時我的父母也不願我久在外地，希望我回北平住在一起。離青島去北平，棄小家庭就大家庭，在我是一個很重大的決定，然而我畢竟去了。

只是胡先生對我的期望過高，短期間內能否不負所望實在沒有把握。我現在披露胡先生的幾封信箚，我的用意在說明胡先生主北大文學院時的一番抱負。胡先生的作法不是沒有受到譏誚⓱，我記得那一年共閱入學試卷的時候，就有一位年齡與我相若的先生故意地當眾高聲說：「我這個教授是既不名譽，亦不研究！」大有憤憤不平之意。

胡先生，和其他的偉大人物一樣，平易近人，「溫而厲」是最好的形容。我從未見過他大發雷霆或是盛氣淩人，他對待年輕人、屬下、僕人，永遠是一副笑容可掬的樣子。就是遭遇到挫折、侮辱的時候，他也不失其常——其心休休然，其如有容。

一九六〇年七月，美國華盛頓大學得福德基金會之資助在西雅圖召開中美學術合作會議，中國方面出席的人除胡先生外，還有錢思亮、毛子水、徐道鄰、李先聞、彭明敏和我，以及其他幾個人。最後一次集會之後，胡先生私下裡掏出一張影印的信件給我看。信是英文（中國式的英文）寫的，由七、八個人署名，包括立法委員、大學教授、專科校長。是寫給華盛頓大學校長歐地嘉德的，內容大致說胡適等人非經學術團體推選，亦未經合法委派，不足以代表我國，而且胡適思想與我國傳統文化大相刺謬⓲，更不足以言我國文化云云。我問胡先生如何應付，他說：「給你看看，不要理他。」

我覺得最有諷刺性的一件事是，胡先生在台北起行前之預備會中，經公推發表一篇開幕演講詞，胡先生謙遜不遑，他說不知說什麼好，請大家提供意見，大家默然。我當時想起胡先生平夙常說他自己不知是專攻哪一門，勉強地說可以算是研究歷史的。於是我就建議胡先生就中國文化傳統作一概述，再闡說其未來。

胡先生居然首肯，在正式會議上發表一篇極為精彩的演說。原文是英文，但是一九六〇年七月二十一日在《中央日報》有中文翻譯，連載三天，題目就是〈中國之傳統與將來〉。譯文是胡先生的手筆，抑是由別人翻譯，我不知道。此文在教育資料館《教育文摘》第五卷〈東西文化交流〉專輯又轉載過一次，恐怕看過的人未必很多。此文也可以說是胡先生晚年自撰全部思想的一篇概述，他對中國文化傳統有客觀的敘述，對中國文化之未來有樂觀的展望。無論如何，不能說胡先生是中國傳統的叛徒。

在上海的時候，胡先生編了一本《宋人評話》，亞東出版，好像是六種，其中一種述說海陵王荒淫無道，當然涉及猥褻的描寫，不知怎樣地就被巡捕房沒收了。胡先生很不服氣，認為評話是我國小說史中很重要的一環，歷代重要典藏均有著錄，而且文學作品涉及性的敘說也是尋常事，中外皆然，不足為病。因而他去請教律師鄭天錫先生，鄭先生說：「沒收是不合法的，如果刊行此書犯法，先要追究犯法的人，處以應得之罪，然後才能沒收書刊，沒收是附帶的處分。不過你若是控告巡捕房，恐怕是不得宜的。」於是胡先生也就沒有抗辯。

有一天我們在胡先生家裡聚餐，徐志摩像一陣旋風似的衝了進來，抱著一本精裝的厚厚的大書，是德文的色情書，圖文並茂。大家爭著看，胡先生說：「這種東西，包括改七薌、仇十洲的畫在內[19]，都一覽無遺，不夠趣味。我看過一張畫，不記得是誰的手筆，一張床，垂下了芙蓉帳，地上一雙男鞋、一雙紅繡鞋，床前一隻貓蹲著，抬頭看帳鉤，還算有一點含蓄。」大家聽了為之粲然[20]。我提起這樁小事，說明胡先生儘管是聖人，也有他的輕鬆活潑的一面。

梁實秋

《註釋》

❶ 得附驥尾：比喻依靠他人而得名。
❷ 乘間：趁著機會。
❸ 功不唐捐：所有的付出與努力都不會白白付出，必然會有回報。
❹ 司普尼克：指「史普尼克一號」，世界第一顆進入行星軌道的人造衛星，由蘇聯於一九五七年所發射。
❺ 宛轉：含蓄委婉，也作「婉轉」。
❻ 寄呈：為自謙之詞，指將書信恭恭敬敬地寄給對方看。

❼ 以太：西方的古代物理學家認為充塞於宇宙中，傳播光、熱、電、磁的微妙物質。
❽ 景從：緊相追隨，如影隨形。
❾ 舊雨：指老朋友。新雨：指新交的朋友。
❿ 划得來：值得、合算。
⓫ Cashier's check：即「銀行支票」，由銀行簽發的支票，只有當開票人的賬戶的金額足夠時，銀行才會開出支票，並且從開票人的賬戶扣除相應金額。
⓬ 仕進：進身為官。
⓭ 不遑：無暇、沒有時間。
⓮ 親炙：親承教誨。
⓯ 日寇：中日戰爭期間，因日本人強行侵略我國，時人認為其行為與強盜無異，遂稱之為「日寇」。
⓰ 新血輪：充滿朝氣、幹勁的新進人員。
⓱ 譏誚：以譏諷的話責問他人。
⓲ 刺謬：違背。
⓳ 改七薌：指改琦，其號七薌，清代著名畫家。仇十洲：指仇英，其號十洲，明代繪畫大師，尤擅人物畫。
⓴ 粲然：大笑的樣子。

03

為胡適說幾句話

我認為胡適是一位非常複雜的人物，他反對共產主義，但是拿他那一把美國尺子來衡量，他也不見得贊成國民黨。

在中國近現代史上，胡適是一個起過重要作用，但爭議又非常多的人物。過去，在極「左」思想的支配下，我們曾一度把他完全抹煞，把他說得一文不值，反動透頂❶。十一屆三中全會以後❷，我們看問題比較實事求是了，因此對胡適的評價也有了一些改變。但是，最近我在一份報刊上一篇文章中讀到「一生追隨國民黨和蔣介石」❸，好像他是一個鐵杆國民黨員、蔣介石的崇拜者。根據我的瞭解，好像事情不完全是這個樣子，因此禁不住要說幾句話。

胡適不贊成共產主義，這是一個事實，是誰也否認不掉的。但是，他是不是就是死心塌地地擁護國民黨和蔣介石呢？這是一個值得探討的問題。他從來就不是國民黨員，他對國民黨並非一味地順從。他服膺的是美國的實驗主義，他崇拜的是美國的所謂民主制度。只要不符合這兩個尺度，他就挑點小毛病，鬧著獨立性。

對國民黨也不例外，最著名的例子是他在《新月》上發表的文章〈知難，行亦不易〉，是針對孫中山先生的著名學說——「知難行易」的。我在這裡不想討論「知難行易」的哲學奧義，也不想涉及孫中山先生之所以提出這樣主張的政治目的。我只想說，胡適敢於對國民黨的「國父」的重要學說提出異議，是需要一點勇氣的。

蔣介石從來也沒有聽過「國父」的話，他打出孫中山先生的牌子，其目的只在於欺騙群眾。但是，有誰膽敢碰這塊牌子，那是斷斷不能容許的。於是文章一出，國民黨蔣介石的御用黨棍一下子炸開了鍋，認為胡適簡直是大不敬，竟敢在太歲頭上動土，「一犬吠影，百犬吠聲」，這群走狗一擁而上。但是，胡適卻一笑置之，這一場風波不久也就平息下去了。

另外一個例子是胡適等新月派的人物曾一度宣揚「好人政府」，他們大聲疾呼，一時甚囂塵上❹。這立刻又引起了一場喧鬧。有人說，他們這種主張等於不說，難道還有什麼人主張壞人政府嗎？但是，我個人認為，在國民黨統治下面提倡好人政府，其中隱含著國民黨政府不是好人政府的意思。國民黨之所以暴跳如雷，其原因就在這裡。

這樣的小例子還可以舉出一些來，但是這兩個也就夠了，它充分說明胡適有時候會同國民黨鬧一點小彆扭的。個別「誅心」的君子義正辭嚴地昭告天下說❺，胡適這樣做是為了向國民黨討價還價。我沒有研究過特種心理學，對此不敢贊一辭❻，這裡且不去說它。至於這種小彆扭究竟能起什麼作用，也不在我研究的範圍之內，也不去說它了。我個人覺得，這起碼表明胡適不是國民黨蔣介石的忠順奴才。

但是，解放以後，我們隊伍中的一些人創造了一個新術語，叫作「小罵大幫忙」，胡適同國民黨鬧點小彆扭就歸入這個範疇。什麼叫「小罵大幫忙」呢？理論家們說，胡適同國民黨蔣介石鬧點小彆扭，對他們說點比較難聽的話，這就叫作「小罵」。通過這樣的「小罵」，給自己塗上一層保護色，這種保護色是有欺騙性的，是用來迷惑人民的。

到了關鍵時刻，他又出來為國民黨講話。於是人民都相信了他的話，天下翕然從之❼，國民黨就「萬壽無疆」了。這樣的「理論」未免低估了中國老百姓的覺悟水平，難道我們的老百姓真正這樣糊塗、這樣低能嗎？國民黨反動派最後垮台的歷史，也從反面證明了這種說法是不正確的，是不符合實際情況的。把胡適說得似乎比國民黨的中統、軍統以及其他助紂為虐的忠實走狗還要危險、還要可惡，也是不符合實際情況的。

我最近常常想到，解放以後，我們中國的知識份子學習了辯證法，對於這一件事無論怎樣評價也不會過高的。但是，正如西方一句俗語所說的那樣：「一切閃光的不都是金子。」有人把辯證法弄成了詭辯術，老百姓稱之為「變戲法」。辯證法稍一過頭，就成了形而上學、唯心主義、教條主義，就成了真正的變戲法。

一個最著名的例子就是，在封建時代贓官比清官要好，清官能延長封建統治的壽命，而贓官則能促其衰亡——周興、來俊臣一變而為座上賓❽；包拯、海瑞則成了階下囚。當年我自己也曾大聲疾呼宣揚這種荒謬絕倫的謬論，以為這才是真正的辯證法，為了自己這種進步、這種「頓悟」，而心中沾沾自喜。一回想到這一點，我臉上就不禁發燒。我覺得持「小罵大幫忙」論者的荒謬程度，與此不相上下。

上面講的，對胡適的看法都比較抽象，我現在從回憶中舉兩個具體的例子：

我於一九四六年回國後，來北大工作。胡適是校長，我是系主任，在一起開會，見面討論工作的機會是非常多的。我們倆都是國立北平圖書館的什麼委員，又是北大文科研究所的導師，更增加了見面的機會。

同時，印度尼赫魯政府派來了一位訪問教授師覺月博士和六、七位印度留學生。胡適很關心這一批印度客人，經常要見見他們，到他們的住處去看望，還請他們吃飯。他把照顧印度朋友的任務交給了我，所有這一切都給了我更多的機會，來觀察、瞭解胡適這樣一個當時在學術界和政界都紅得發紫的大人物。我寫的一些文章也拿給他看，他總是連夜看完，提出評價。他這個人對任何人都是和藹可親的，沒有一點盛氣凌人的架子，這一點就是拿到今天來也是頗為難能可貴的。

今天，我們個別領導幹部那種目中無人、天上天下唯我獨尊的氣勢我們見到的還少嗎？

根據我幾年的觀察，胡適是一個極為矛盾的人物。要說他沒有政治野心，那不是事實。但是他又死死抓住學術研究不放，一談到他有興趣的學術問題，比如說《水經注》、《紅樓夢》、神會和尚等等，他便眉飛色舞，忘掉了一切，頗有一些書呆子的味道。

蔣介石是流氓出身，一生也沒有脫掉流氓習氣，他實際上是玩胡適於股掌之上，可惜胡適對於這一點似乎並不清醒。有一度傳言，蔣介石要讓胡適當總統，連我這個政治幼兒園的小學生也知道，這根本是不可能的，這是一場地地道道的騙局，可胡適似乎並不這樣想。當時他在北平的時候不多，經常乘飛機來往於北平、南京之間，僕僕風塵，極為勞累，他卻似乎樂此不疲。我看他是一個異常聰明的糊塗人，這就是他留給我的總印象。

我現在談兩個小例子——首先談胡適對學生的態度。我到北大以後，正是解放戰爭激烈地展開，國民黨反動派垂死掙扎的時候。北大學生一向是在政治上得風氣之先的，在反對國民黨反動統治方面也是如此。北大的民主廣場號稱北京城內的「解放區」，學生經常從這裡列隊出發，到大街上遊行示威——反饑餓、反迫害、反內戰。國民黨反動派大肆鎮壓、逮捕學生。

從「小罵大幫忙」的理論來看，現在應當是胡適挺身出來給國民黨幫忙的時候了，是他協助國民黨反動派壓制學生的時候了。但是，據我所知道的，胡適並沒有這樣幹，而是張羅著保釋學生，好像有一次他還親自找李宗仁⑨，想利用李的勢力讓學生獲得自由。有的情景是我親眼目睹的，有的是聽到的，恐怕與事實不會相距過遠。

還有一件小事，是我親身經歷的。大約在一九四八年的秋天，人民解放軍已經對北平形成了一個大包圍圈，蔣介石集團的末日快要來臨了。有一天我到校長辦公室去見胡適，商談什麼問題。忽然走進來一個人——我現在忘記是誰了，告訴胡適說，解放區的廣播電台昨天夜裡有專門給胡適的一段廣播，勸他不要跟著蔣介石集團逃跑，將來讓他當北京大學校長兼北京圖書館館長。我們在座的人聽了這個消息，都非常感興趣，都想看一看胡適怎樣反應。只見他聽了以後，既不激動，也不愉快，而是異常地平靜，只微笑著說一句：「他們要我嗎？」短短的五個字道出了他的心聲。看樣子他已經胸有成竹，要跟國民黨逃跑，但又不能說他對共產黨有刻骨的仇恨。不然，他決不會如此鎮定自若，他一定會暴跳如雷，大罵一通，來表示自己的對國民黨和蔣介石的忠誠。我這種推理是不是實事求是呢？我認為是的。

總之，我認為胡適是一位非常複雜的人物，他反對共產主義，但是拿他那一把美國尺子來衡量，他也不見得贊成國民黨。在政治上，他有時候想下水，但又怕濕了衣裳。他一生就是在這種矛盾中度過的。他晚年決心回國定居，說明他還是熱愛我們祖國大地的。因此，說他是美國帝國主義的走狗，說他一生追隨國民黨和蔣介石，都不符合實際情況。

解放後，我們有過一段極左的歷史，對胡適的批判不見得都正確。十一屆三中全會以後，我們撥亂反正，知人論世，真正的辯證法多了，形而上學、教條主義、似是而非的偽辯證法少了。我覺得這是了不起的成就、了不起的轉變。在這種精神的鼓舞下，我為胡適說了上面這一些話，供同志們探討時參考。

季羡林　一九八七年十一月二十五日

註釋

❶ 反動：針對現實的政治或社會情勢提出相反意見或推動改革行動。透頂：極甚、非常。

❷ 三中全會：中國共產黨第十一屆中央委員會第三次全體會議，於一九七八年在北京舉行。

❸ 蔣介石：指蔣中正，其字介石，為中華民國自行憲起第一任至第五任總統。

❹ 甚囂塵上：指傳聞四起，議論紛紛。

❺ 誅心：指不問如何，僅就動機加以譴責的言論。

❻ 不敢贊一辭：指不表示意見。

❼ 翕然：和順的樣子。

❽ 座上賓：指受主人禮敬的客人。

❾ 李宗仁：曾任行憲後的中華民國政府首任副總統。

04 站在胡適之先生墓前

我站在那裡，驀抬頭，適之先生那有魅力的典型的「我的朋友」式的笑容，突然顯現在眼前，五十年依稀縮為一剎那，歷史彷彿沒有移動。

我現在站在胡適之先生墓前。

他雖已長眠地下，但是他那典型的「我的朋友」式的笑容，仍宛然在目。可我最後一次見到這個笑容，卻已是五十年前的事了。

一九四八年十二月中旬，是北京大學建校五十週年的紀念日。此時，解放軍已經包圍了北平城，然而城內人心並不惶惶❶，北大同仁和學生也並不惶惶。而且不但不惶惶，在人們的內心中，有的非常殷切，有的還有點狐疑，都在期望著迎接解放軍。

適逢北大校慶大喜的日子，許多教授都滿面春風，聚集在沙灘孑民堂中，舉行慶典。記得作為校長的適之先生，做了簡短的講話，滿面含笑，只有喜慶的內容，沒有愁苦的調子。正在這個時候，城外忽然響起了隆隆的炮聲，大家相互開玩笑說：「解放軍給北大放禮炮哩！」簡短的儀式完畢後，適之先生就辭別了大家，登上飛機，飛往南京去了。

我忽然想到了李後主的幾句詞：「最是倉皇辭廟日❷，教坊猶唱別離歌，垂淚對宮娥。」我想改寫一下，描繪當時適之先生的情景：「最是倉皇辭校日，城外禮炮聲隆隆，含笑辭友朋。」我哪裡知道，我們這一次會面竟是最後一次。如果我當時意識到這一點的話，這是含笑不起來的。

從此以後，我同適之先生便天各一方，分道揚鑣，「世事兩茫茫」了。聽說，他離開北平後，曾從南京派來一架專機，點名接走幾位老朋友，他親自在南京機場恭候。飛機返回以後，機艙門開，他滿懷希望地同老友會面。然而，除了一、兩位以外，所有他想接的人都沒有走出機艙。據說（只是據說），他當時大哭一場，心中的滋味恐怕真是不足為外人道也。

適之先生在南京也沒有能待多久，「百萬雄師過大江」以後，他也逃往台灣。後來，又到美國去住了幾年，並不得志，往日的輝煌猶如春夢一場，它不復存在，後來，又回到台灣，最初也不為當局所禮重，往日「總統候選人」的迷夢，也只留下了一個話柄，日子過得並不順心。

後來，不知怎樣一來，他被選為中央研究院的院長，算是得到了應有的禮遇，過了幾年舒適稱心的日子。適之先生畢竟是一書生，一直迷戀於《水經注》的研究，如醉如癡，此時又得以從容繼續下去。

他的晚年可以說是差強人意，可惜仁者不壽，猝死於宴席之間。死後哀榮備至，中央研究院為他建立了紀念館，包括他生前的居室在內，並建立了胡適陵園，遺骨埋葬在院內的陵園。今天，我們參拜的就是這個規模宏偉、極為壯觀的陵園。

我現在站在適之先生墓前，鞠躬之後，悲從中來，心內思潮洶湧，如驚濤駭浪，眼淚自然流出。杜甫有詩：「焉知二十載，重上君子堂。」我現在是「焉知五十載，躬親掃陵墓」。此時，我的心情也是不足為外人道也。

我自己已經到望九之年，距離適之先生所待的黃泉或者天堂樂園，只差幾步之遙了。回憶自己八十多年的坎坷又順利的一生，真如一部二十四史，不知從何處說起了。

積八十年之經驗，我認為一個人生在世間，如果想有所成就必須具備三個條件：才能、勤奮、機遇。行行皆然，人人皆然，概莫能外。

別的人先不說了，只談我自己——關於才能一項，再自謙也不能說自己是白癡。但是，自己並不是什麼天才，這一點自知之明，我還是有的。

談到勤奮，我自認還能差強人意，用不著有什麼愧怍之感。但是，我把重點放在第三項上——機遇。如果我一生還能算得上有些微成就的話，主要是靠機遇。機遇的內涵是十分複雜的，我只談其中恩師一項。韓愈說：「古之學者必有師，師者所以傳道、授業、解惑也。」

根據老師這三項任務，老師對學生都是有恩的。然而，在我所知道的世界語言中，只有漢文把「恩」與「師」緊密地嵌在一起，成為一個不可分割的名詞。這只能解釋為中國人最懂得報師恩，為其他民族所望塵莫及的。

我在學術研究方面的機遇，就是我一生碰到了六位對我有教導之恩或者知遇之恩的恩師，我不一定都聽過他們的課，但是，只讀他們的書也是一種教導。我在清華大學讀書時，讀過陳寅恪先生所有的已經發表的著作，旁聽過他的佛經翻譯文學，從而種下了研究梵文和巴利文的種子❸。

在當了（或濫竽了）一年國文教員之後，由於一個天上掉下來的機遇，我到了德國哥廷根大學。正在我入學後的第二個學期，瓦爾德施米特先生調到哥廷根大學任印度學的講座教授。當我在教務處前看到他開基礎梵文的通告時，我喜極欲狂，「踏破鐵鞋無覓處，得來全不費功夫」，難道這不是天賜的機遇嗎？

最初兩個學期，選修梵文的只有我一個外國學生。然而教授仍然照教不誤，而且備課充分、講解細緻、威儀儼然、一絲不苟。幾乎是我一個學生壟斷課堂，受益之大，自可想見。二戰爆發，瓦爾德施米特先生被征從軍。已經退休的原印度講座教授西克，雖已年逾八旬，毅然又走上講台，教的依然是我一個中國學生。西克先生不久就告訴我，他要把自己平生的絕招全傳授給我，包括《梨俱吠陀》、《大疏》、《十王子傳》，還有他費了二十年的時間才解讀了的吐火羅文❹。在吐火羅文研究領域中，他是世界最高權威。我並非天才，六、七種外語早已塞滿了我那渺小的腦袋瓜，我並不想再塞進吐火羅文。

然而，像我的祖父一般的西克先生，告訴我的是他的決定，一點徵求意見的意思都沒有。我唯一能走的道路就是——敬謹遵命。

現在回憶起來，冬天大雪之後，在研究所上過課，天已近黃昏，積雪白皚皚地擁滿十里長街。雪厚路滑，天空陰暗，地閃雪光，路上闃靜無人❺。我攙扶著老爺子，一步高，一步低，送他到家。我沒有見過自己的祖父，現在我真覺得，我身邊的老人就是我的祖父。他為了學術，不惜衰朽殘年，不顧自己的健康，想把衣缽傳給我這個異國青年❻。此時我心中思緒翻騰，感激與溫暖並在，擔心與愛憐奔湧。我真不知道是置身何地了。

二戰期間，我被困德國，一待就是十年。二戰結束後，聽說寅恪先生正在英國就醫，我連忙給他寫了一封致敬信，並附上發表在哥廷根科學院集刊上用德文寫成的論文，向他彙報我十年學習的成績。

很快就收到了他的回信，問我願不願意到北大去任教。北大為全國最高學府，名揚全球；但是，門檻一向極高，等閒難得進入❼。現在竟有一個天賜的機遇落到我頭上來，我焉有不願意之理！我立即回信同意。

寅恪先生把我推薦給了當時北大校長胡適之先生、代理校長傅斯年先生、文學院長湯用彤先生。寅恪先生在學術界有極高的聲望，一言九鼎，北大三位領導立即接受。於是我這個三十多歲的毛頭小夥子，在國內學術界尚無籍籍名❽，公然堂而皇之地走進了北大的大門。

唐代，中了進士，就「春風得意馬蹄疾，一日看遍長安花」。我雖然沒有一日看遍北平花，但是，身為北大正教授兼東方語言文學系系主任，心中有點洋洋自得之感，不也是人之常情嗎？

在此後的三年內，我在適之先生和錫予先生領導下學習和工作，度過了一段畢生難忘的歲月。我同適之先生，雖然學術輩分不同，社會地位懸殊，想來接觸是不會太多的。但是，實際上卻不然，我們見面的機會非常多。他那一間在孑民堂前東屋裡的狹窄簡陋的校長辦公室，我幾乎是常客。

作為系主任，我要向校長請示彙報工作。他主編報紙上的一個學術副刊，我又是撰稿者，所以免不了也常談學術問題。最難能可貴的是他待人親切和藹，見什麼人都是笑容滿面，對教授是這樣，對職員是這樣，對學生是這樣，對工友也是這樣。從來沒見他擺當時頗為流行的名人架子、教授架子。

此外，在教授會上，在北大文科研究所的導師會上，在北京圖書館的評議會上，我們也時常有見面的機會。我作為一個年輕的後輩，在他面前，絕沒有什麼局促之感[9]，經常如坐春風中。

適之先生是非常懂得幽默的，他決不老氣橫秋，而是活潑有趣。有一件小事，我至今難忘。有一次召開教授會，楊振聲先生新收得了一幅名貴的古畫，為了想讓大家共同欣賞，他把畫帶到了會上，打開鋪在一張極大的桌子上，大家都嘖嘖稱讚。這時適之先生忽然站了起來，走到桌前，把畫卷了起來，作納入袖中狀，引得滿堂大笑，喜氣洋洋。

這時候，印度總理尼赫魯派印度著名學者師覺月博士來北大任訪問教授，還派來了十幾位印度男、女學生來北大留學，這也算是中、印兩國間的一件大事。適之先生委託我照管印度老、少學者。他多次會見他們，並設宴為他們接風。師覺月做第一次演講時，適之先生親自出席，並用英文致歡迎詞，講中、印歷史上的友好關係，介紹師覺月的學術成就，可見他對此事之重視。

適之先生在美國留學時，忙於對西方——特別是對美國哲學與文化的學習，忙於鑽研中國古代先秦的典籍，對印度文化以及佛教還沒有進行過系統深入的研究。據說後來由於想寫完《中國哲學史》，為了彌補自己的不足，開始認真研究中國佛教禪宗以及中、印文化關係。

我自己在德國留學時，忙於同梵文、巴利文、吐火羅文以及佛典拼命，沒有餘裕來從事中、印文化關係史的研究。

回國以後，迫於沒有書籍資料，在不得已的情況下，開始注意中、印文化交流史的研究。在解放前的三年中，只寫過兩篇比較像樣的學術論文——一篇是〈浮屠與佛〉，一篇是〈列子與佛典〉。

第一篇講的問題正是適之先生同陳援庵先生爭吵到面紅耳赤的問題，我根據吐火羅文解決了這個問題，兩老我都不敢得罪，只採取了一個騎牆的態度[10]。我想，適之先生不會不讀到這一篇論文的。我只到清華園讀給我的老師陳寅恪先生聽，蒙他首肯，介紹給地位極高的《中央研究院史語所集刊》發表。

第二篇文章，寫成後我拿給了適之先生看，第二天他就給我寫了一封信，信中說：「《生經》一證，確鑿之至！」可見他是連夜看完的。他承認了我的結論，對我無疑是一個極大的鼓舞。

這一次，我來到台灣。前幾天，在大會上聽到主席李亦園院士的講話，中間他講到，適之先生晚年任中央研究院院長時，在下午飲茶的時候，他經常同年輕的研究人員坐在一起聊天。有一次，他說做學問應該像北京大學的季羨林那樣，我乍聽之下，百感交集。適之先生這樣說一定同上面兩篇文章有關，也可能同我們分手後十幾年中我寫的一些文章有關。這說明適之先生一直到晚年還關注著我的學術研究，知己之感油然而生。在這樣的情況下，我還可能有其他任何的感想嗎？

在政治方面，眾所周知，適之先生是不贊成共產主義的。但是，我們不應忘記，他同樣也反對三民主義。我認為，在他的心目中，世界上最好的政治就是美國政治，世界上最民主的國家就是美國，這同他的個人經歷和哲學信念有關。他們實驗主義者不主張什麼「終極真理」，而世界上所有的「主義」都與「終極真理」相似，因此他反對。他同共產黨並沒有任何深仇大恨，他自己說，他一輩子沒有寫過批判共產主義的文章，而反對國民黨的文章則是寫過的。

我可以講兩件我親眼看到的小事——解放前夕，北平學生動不動就示威遊行，比如沈崇事件、反饑餓、反迫害等等[11]，背後都有中共地下黨在指揮發動，這一點是人所共知的，適之先生焉能不知！

但是，每次北平國民黨的憲兵和警察逮捕了學生，他都乘坐他那輛當時北平還極少見的汽車，奔走於各大衙門之間，逼迫國民黨當局非釋放學生不行。他還親筆給南京駐北平的要人寫信，為了同樣的目的，據說這些信至今猶存。我個人覺得，這已經不能算是小事了。

另外一件事是，有一天，我到校長辦公室去見適之先生，一個學生走進來對他說，昨夜延安廣播電台曾對他專線廣播，希望他不要走。北平解放後，將任命他為北大校長兼北京圖書館的館長。他聽了以後，含笑對那個學生說：「人家信任我嗎？」談話到此為止。這個學生的身分他不能不明白，但他不但沒有拍案而起、怒髮衝冠，態度依然親切和藹。小中見大，這些小事都是能夠發人深思的。

適之先生以青年暴得大名、譽滿士林，我覺得他一生處在一個矛盾中、一個怪圈中：一方面是學術研究，一方面是政治活動和社會活動。他一生忙忙碌碌、倥偬奔波[12]，作為一個「過河卒子」勇往直前。我不知道，他自己是否意識到身陷怪圈——當局者迷，旁觀者清。我認為這個怪圈確實存在，而且十分嚴重。

那麼，我對這個問題有什麼看法呢？我覺得不管適之先生自己如何定位，他一生畢竟是一個書生，說不好聽一點，就是一個書呆子。我也舉一件小事——有一次，在北京圖書館開評議會，會議開始時，適之先生匆匆趕到，首先聲明還有一個重要會議，他要早退席。會議開著開著就走了題，有人忽然談到《水經注》。一聽到《水經注》，適之先生立即精神抖擻、眉飛色舞、口若懸河，一直到散會，他也沒有退席，而且興致極高，大有挑燈夜戰之勢。從這樣一個小例子中，不也可以小中見大嗎？

我在上面談到了適之先生的許多德行，現在籠統稱之為「優點」。我認為，其中最令我欽佩，最使我感動的卻是他畢生獎掖後進——「平生不解藏人善，到處逢人說項斯」[13]，他正是這樣一個人，這樣的例子是舉不勝舉的。

中國是一個很奇怪的國家，一方面有我上面講到的只此一家的「恩師」；另一方面卻又有老虎拜貓為師學藝，貓留下了爬樹一招沒教給老虎，倖免為徒弟吃掉的民間故事——二者顯然是有點矛盾的。適之先生對青年人一向鼓勵、提挈[14]——四〇年代，他在美國哈佛大學遇到當時還是青年的學者周一良和楊聯陞等，對他們的天才和成就大為讚賞。

後來，周一良回到中國，傾向進步、參加革命，其結果是眾所周知的。楊聯陞留在美國，在二、三十年的長時間內，同適之先生通信論學，互相唱和。在學術成就上也是碩果纍纍，名揚海外。周的天才與功力，只能說是高於楊，雖然在學術上也有所表現，但是格於形勢[15]，不免令人有未盡其才之感。看了二人的遭遇，難道我們能無動於衷嗎？

我同適之先生在孑民堂慶祝會上分別，從此雲天渺茫，天各一方，再沒有能見面，也沒有能互通音信。我現在談一談我的情況和大陸方面的情況。我同絕大多數的中老年知識份子和教師一樣，懷著絕對虔誠的心情，嚮往光明，嚮往進步。覺得自己真正站起來了，大有飄飄然羽化而登仙之感，有點忘乎所以了。

我從一個最初喊什麼人萬歲都有點忸怩的低級水平[16]，一踏上革命之路，便步步登高，飛馳前進。再加上天縱睿智，虔誠無垠，全心全意，投入造神運動中。常言道：「眾人拾柴火焰高。」大家群策群力，造出了神，又自己膜拜，完全自覺自願，絕無半點勉強。對自己則認真進行思想改造。

原來以為自己這個知識份子，雖有缺點，並無罪惡；但是，經不住社會上根紅苗壯階層的人士天天時時在你耳邊聒噪[17]：「你們知識份子身軀髒、思想臭！」西方人說：「謊言說上一千遍就成為真理。」此話就應在我們身上，積久而成為一種「原罪」感，怎樣改造也沒有用，只有心甘情願地居於「老九」的地位。改造！改造！再改造！直改造得懵懵懂懂——「兩涘渚崖之間，不辨牛馬」[18]。

然而涅槃難望，苦海無邊，而自己卻仍然是膜拜不息。通過無數次的運動一直到十年浩劫自己被關進牛棚，被打得一佛出世，二佛升天，皮開肉綻，仍然不停地膜拜，其精誠之心真可以驚天地泣鬼神了。改革開放以後，自己腦袋裡才裂開了一點縫，「覺今是而昨非」。然而自己已快到耄耋之年，垂垂老矣，離開魯迅在〈過客〉一文講到的，長滿了百合花的地方不太遠了。

至於適之先生，他離開北大後的情況，我在上面已稍有所涉及。總起來說，我是不十分清楚的，也是我無法清楚的。

到了一九五四年，從批判俞平伯先生的《紅樓夢研究》的資產階級唯心論起，批判之火終於燒到了適之先生身上。

這是一場缺席批判，適之遠在重洋之外，坐山觀虎鬥。即使被鬥的是他自己，反正傷不了他一根毫毛，他樂得怡然觀戰。他的名字彷彿已經成一個稻草人，渾身是箭，一個不折不扣的「箭垛」⑲。大陸上眾家豪傑，個個義形於色，爭先恐後，萬箭齊發，適之先生兀自巍然不動。我幻想，這一定是一個非常難得的景觀。在浪費了許多紙張和筆墨、時間和精力之餘，終成為「竹籃子打水，一場空」，亂哄哄一場鬧劇。

適之先生於一九六二年猝然逝世，享年已經過了古稀，在中國歷代學術史上，這已可以算是高齡了，但以今天的標準來衡量，似乎還應該活得更長一點。中國古稱「仁者壽」，但適之先生只能說是「仁者不壽」。

當時在大陸上左風猶狂，一般人大概認為胡適已經是被打倒在地的人，身上被踏上了一千隻腳，永世不得翻身了。這樣一個人的死去，有何值得大驚小怪！所以報刊、雜誌上沒有一點反應。我自己當然是被蒙在鼓裡，毫無所知。

十幾二十年以後，我腦袋裡開始透進點光的時候，我越想越不是滋味，曾寫了一篇短文

〈為胡適說幾句話〉，我連「先生」二字都沒有勇氣加上，可是還有人勸我以不發表為宜。文章終於發表了，反應還差強人意，至少沒有人來追查我，我心裡一塊石頭落了地。

最近幾年來，改革開放之風吹綠了中華大地，知識份子的心態有了明顯的轉變，身上的枷鎖除掉了，原罪之感也消逝了。被潑在身上的污泥、濁水逐漸清除了，再也用不著天天夾著尾巴過日子了。這種思想感情上的解放，大大地提高了他們的積極性，願意為祖國的繁榮富強貢獻自己的力量。

出版界也奮起直追，出版了幾部《胡適文集》。安徽教育出版社雄心最強，準備出版一部超過兩千萬字的《胡適全集》。我可是萬萬沒有想到，主編這一非常重要的職位，出版社竟垂青於我。我本不是胡適研究專家，我誠惶誠恐，力辭不敢應允。但是出版社卻說，現在北大曾經同適之先生共過事，而過從又比較頻繁的人，只剩下我一個人了。鐵證如山，我只能「仰」（不是「俯」）允了。

我也想以此報知遇之恩於萬一，我寫了一篇長達一萬七千字的總序，副標題是——「還胡適以本來面目」。意思也不過是想撥亂反正，以正視聽而已。前不久，又有人邀我在《學林往事》中寫一篇關於適之先生的文章，理由同前，我也應允，而且從台灣回來後抱病寫完。這一篇文章的副標題是——「畢竟一書生」。原因是前一個副標題說得太滿，我哪裡有能力還適之先生以本來面目呢？後一個副標題是說我對適之先生的看法，是比較實事求是的。

我在上面談了一些瑣事和非瑣事俱往矣，只留下了一些可貴的記憶。我可真是萬萬沒有想到，到了望九之年，居然還能來到寶島，這是以前連想都沒敢想的事。到了台北以後，才發現，五十年前在北平結識的老朋友，比如梁實秋、袁同禮、傅斯年、毛子水、姚從吾等等全已作古，我真是「訪舊全為鬼，驚呼熱中腸」了。天地之悠悠是自然規律，是人力所無法抗禦的。

我現在站在適之先生墓前，心中浮想聯翩，上下五十年，縱橫數千里，往事如雲如煙，又歷歷如在目前。中國古代有俞伯牙在鍾子期墓前摔琴的故事，又有許多在摯友墓前焚稿的故事。按照這個舊理，我應當把我那新出齊了的《文集》搬到適之先生墓前焚掉，算是向他彙報我畢生科學研究的成果。

但是，我此時雖思緒混亂，但神智還是清楚的，我沒有這樣做。我環顧陵園，只見石階整潔，盤旋而上，陵墓極雄偉，上覆巨石。墓誌銘為毛子水親筆書寫，墓後石牆上嵌有「德藝雙隆」四個大字，連同墓誌銘，都金光閃閃，炫人雙目。

我站在那裡，驀抬頭，適之先生那有魅力的典型的「我的朋友」式的笑容，突然顯現在眼前，五十年依稀縮為一剎那，歷史彷佛沒有移動。但是，一定神兒，忽然想到自己的年齡，歷史畢竟是動了，可我一點也沒有頹唐之感[20]，我現在大有「老驥伏櫪，志在萬里」之感。我相信，有朝一日，我還會有機會，重來寶島，再一次站在適之先生的墓前。

季羨林　一九九九年五月二日寫畢

後記：

文章寫完了。但是對開頭處所寫的一九四八年十二月在孑民堂慶祝建校五十週年一事，腦袋裡終究還有點疑惑。我對自己的記憶能力是頗有一點自信的，但是說它是鐵證如山，我還沒有這個膽量。

怎麼辦呢？查書。我的日記在文革中被抄家時丟了幾本，無巧不成書，丟的日記中正巧有一九四八年的。於是又託高鴻查胡適日記，沒能查到。但是，從當時報紙上的記載中得知胡適於十二月十五日已離開北平，到了南京，並於十七日在南京舉行北大校慶五十週年慶祝典禮，發言時泣不成聲云云……可見我的回憶是錯了。

又一個「怎麼辦呢」？一是改寫，二是保留不變。經過考慮，我採用了後者。原因何在呢？我認為，已經發生過的事情是一個現實，我腦筋裡的回憶也是一個現實，一個存在形式不同的現實。既然我有這樣一段回憶，必然是因為我認為，如果適之先生當時在北平，一定會有我回憶的那種情況，因此我才決定保留原文，不加更動。但那畢竟不是事實，所以寫了這一段「後記」以正視聽。

一九九九年五月十四日回憶，必然是因為我認為，如果適之先生當時在北平，一定會有我回憶的那種情況，因此我才決定保留原文，不加更動。但那畢竟不是事實，所以寫了這一段「後記」以正視聽。

季羨林　一九九九年五月十四日

註釋

❶ 惶惶：心中惶恐不安的樣子。
❷ 倉皇：恐懼忙亂的樣子。
❸ 巴利文：一種古印度的語言，為佛陀時代摩揭陀國一帶的大眾用語。
❹ 吐火羅文：原始印歐民族所使用的語言之一，為現今印歐語系中已經滅絕的語言。
❺ 闃靜：寂靜無聲。
❻ 衣缽：指老師所傳授的思想、學術、技能。
❼ 等閒：一般。
❽ 無籍籍名：沒什麼名氣，影響不大，也作「籍籍無名」。

9 局促：不安適的樣子。

10 騎牆：比喻對兩方面都討好，立場不明，態度模稜兩可。

11 沈崇事件：一九四六年，發生於北京的一起刑事事件。該事件為北京大學女學生沈崇遭到兩名美軍士兵強暴。消息傳開後，成為中國共產黨掀起反美運動的導火線，並造成中國國民政府與美國之間的關係緊張。

12 倥偬：事情紛繁迫促的樣子。

13 語出唐人楊敬之〈贈項斯〉一詩，後衍生出成語「逢人說項」，比喻到處為某人某事吹嘘，說好話。項斯：唐代著名詩人。

14 提挈：提拔、照顧。

15 格於：受限於某物。

16 忸怩：慚愧難為情或不大方的樣子。

17 根紅苗壯：文化大革命時期中國出現的詞彙，意思是在文化大革命中有所作為的人。

18 語出《莊子．外篇．秋水》。兩岸和水中洲島之間，連牛馬都分辨不清。

19 箭垛：射箭的標的物。

20 頹唐：委靡不振。

第四章

胡適之紅娘軼事

01

徐志摩與陸小曼

徐志摩，近代著名新月派詩人與散文家，師從梁啟超，曾留學英國。他在學成歸國後，與胡適、聞一多、梁實秋等人創建「新月詩社」，後創辦《新月》月刊。之後，著重格律詩的「新月派」因而誕生。徐志摩的才氣與性格深受胡適欣賞，他們又都曾有留學的經歷，以及推崇新思想與新文學、崇尚「自由戀愛」，是以兩人成為無話不談的知己。

一九二二年，徐志摩與包辦婚姻的原配張幼儀離婚。而同樣師從梁啟超的徐志摩好友王賡因工作繁忙無法陪伴愛好出遊、交際的妻子陸小曼，有時候王賡便請徐志摩陪同陸小曼參與各種活動。不料，徐志摩與陸小曼卻在這朝夕相處之下產生了感情。

陸小曼與徐志摩相戀之後，毅然決然向丈夫王賡提出離婚的要求。而當時的陸小曼雖然懷有身孕，但她仍是瞞著王賡與徐志摩自行墮胎，最終失去生育能力。

於是，王賡只能接受陸小曼的離婚提議。不久，徐志摩便打算與陸小曼結婚，可是他們的這段戀情受到了許多人的反對，包括徐志摩的父親徐申如和他的恩師梁啟超，只有崇尚「自由戀愛」的胡適加以讚許。胡適還為了撮合這段姻緣，親自拜訪徐志摩的父親徐申如，極力勸說徐申如同意這門婚事。不得已之下，徐申如只能看在胡適的面子，提出只要梁啟超願意出面證婚，便認可徐志摩與陸小曼的婚事。

後來，由於胡適的苦勸，徐志摩的恩師梁啟超終於願意為他與陸小曼證婚。不過，在徐志摩與陸小曼的婚禮上，梁啟超的「證婚詞」卻令兩人無地自容，他說道：「徐志摩，你這個人性情浮躁，所以在學問方面沒有什麼成就；陸小曼，妳要認真做人，妳要盡婦道之職，妳今後不可以妨礙徐志摩的事業！你們兩人都是過來人，離過婚又重新結婚，都是用情不專！以後要痛自悔悟，重新做人！願你們這是最後一次結婚！」現場一片尷尬，而身為主婚人的胡適只好趕緊打圓場，讓婚禮再度恢復「喜氣」。

徐志摩與陸小曼合影

胡適的支持與協助使得徐志摩和陸小曼能夠終成眷屬，所以他們為感念胡適，常稱胡適為「紅娘」、「恩人」、「胡大哥」。

02

沈從文與張兆和

沈從文，現代著名文學家與文物研究專家，曾二度榮膺候選諾貝爾文學獎，其作品深受徐志摩賞識，後經徐志摩推薦，於西元一九二九年至胡適擔任校長的中國公學任教。

沈從文在第一次教課時，由於太過緊張，一站上講台就腦袋一片空白。他一語不發，呆呆地站在講台上長達十分鐘的時間。

後來，他好不容易開了口，卻慌慌張張地把所有的上課內容在十分鐘內全部講完了。沈從文不知道自己還能說些什麼，便在黑板上寫道：「我第一次上課，見你們人多，怕了。」下課後，學生們議論紛紛。這件事傳到校長胡適的耳裡，他卻笑著說：「上課講不出話來，學生不轟他，這就是成功。」

沈從文在中國公學任教的期間，結識了未來的妻子張兆和，並且打從他第一眼見到張兆和時，便深深墜入情網。

張兆和是沈從文當時的學生，由於相貌出眾、氣質脫俗的關係，她成為中國公學廣為人知的校花。當時張兆和有眾多的追求者，每天都能收到十幾封情書。

不料，張兆和卻在某天收到一封十分特別的信，那封信便是自己的老師沈從文寫的，而信中只有一句話：「我不知道為什麼忽然愛上了妳？」

張兆和並沒有回信，但沈從文的信仍是一封接著一封地送來。時間久了，因為沈從文得不到張兆和的絲毫回應，他便開始尋死覓活。這件事曾在張兆和的日記中有所記錄：「如果得到使他失敗的消息，他只有兩條路可走，一條是刻苦自己，使自己向上，這是一條積極的路，但多半是不走這條的；另一條有兩條分支，一是自殺，一是……他說得含含糊糊：『我不是說恐嚇話……我總是會出一口氣的！』出什麼氣呢？要鬧得我和他同歸於盡嗎？那簡直是小孩子的氣量了！我想了想，我不怕！」

一段時間過後，學校裡謠言四起，這令名聲清白的張兆和不勝其擾。於是，她遂拿著一大疊沈從文寫的情書，來到校長胡適的辦公室，想請胡適制止沈從文的行為，她氣憤地說道：「沈老師給我寫這些可不好！」

沒想到，在此之前，沈從文因為追求不到張兆和，早就搶先一步找胡適哭訴，胡適那時便答應沈從文會出面幫忙。是以胡適反勸道：「有什麼不好？我和你爸爸是安徽同鄉，是不是讓我跟你爸爸談談你們的事？」
張兆和驚慌地喊道：「不要講！」
胡適卻仍是說道：「我知道沈從文頑固地愛妳！」
張兆和一聽，還是堅決地說：「我頑固地不愛他！」
最後，張兆和氣沖沖地走了。
而胡適只能回頭來勸沈從文，說：「這個女子不能瞭解你，更不能瞭解你的愛，你錯用情了……愛情不過是人生的一件事，那些說愛情是人生唯一的事，乃是妄人之言。我們要經得起成功，更要經得起失敗。你千萬不要掙扎，不要讓一個小女子誇口說，她曾碎了沈從文的心……」然而，胡適的勸說與張兆和的拒絕皆沒有讓沈從文卻步。甚至在他離開上海，到青島任教後，沈從文仍是不厭其煩地將情書從青島寄給遠在上海的張兆和。

西元一九三三年，歷經四年的苦苦追求，沈從文終於打動張兆和，兩人在北京舉辦婚禮，結為夫妻。

沈從文與張兆和合影

03

趙元任與楊步偉

趙元任，中國著名語言學家、哲學家、作曲家，被稱為「漢語語言學之父」。一九一〇年，趙元任與胡適同時參加留美官費生招生考試，兩人皆成功錄取。之後，他們從上海一同前往美國的康乃爾大學就讀。從此以後，兩人便成為無話不談的朋友，他們還曾共同撰寫語言相關的文章。

一九二〇年，趙元任從美國學成歸國後，在清華大學任教。某天，他來到南京的一個朋友家中做客，就在那裡，他結識了未來的妻子楊步偉。

楊步偉，出生於南京名門望族，為「近代中國佛教復興之父」楊仁山居士的女兒。一九一三年，她遠赴日本學醫，歷經五年的刻苦鑽研，楊步偉終於獲得醫學博士學位，成為中國第一個醫學女博士。

楊步偉學成歸來後，創辦了「森仁醫院」，年僅三十歲的她便成為中國第一位女院長，同時也是中國第一代西醫婦產科醫生。

皆有不凡才能的兩人，在初次見面時，便對彼此留下了好印象。

兩人在一段時間的交往後，便打算結為連理。因為趙元任與楊步偉都討厭繁文縟節，從不講究排場，是以他們本來不打算辦理任何手續與儀式。然而，趙元任的摯友任鴻雋認為，雖然成熟的人這樣子並不要緊，不過為防止不懂事的年輕人學著胡鬧。於是，任鴻雋提議他們至少要找來兩個人簽字，並附上四毛錢的印花稅，才算合法。最後趙元任與楊步偉便接受了任鴻雋的建議。

某天，胡適忽然接到一通趙元任打來的電話，說想要邀請胡適到趙元任的住處吃飯。既然老朋友都相邀了，胡適當然爽快地答應。赴約前，胡適還特意將自己註釋的一本《紅樓夢》包裝得十分精緻，準備送給趙元任作禮物。

當天，除了胡適與趙元任兩人，還有趙元任的未婚妻楊步偉與楊步偉的同事朱徵。由於他們對彼此都極為熟悉，所以在一陣寒暄之後，大家便坐下來用餐。

用完餐，趙元任突然從抽屜裡拿出一份文件，對著胡適和朱徵說道：「有件事要麻煩二位，今天是我和未婚妻楊步偉的婚禮，如果你們二位願意在我們的婚書上簽名作證婚人，我和步偉將倍感榮幸。」

胡適和朱徵相互看了一眼，感到很意外地說：「怎麼，你們今天？」他們以為今天只是一場簡單的飯局，沒想到居然是趙元任與楊步偉的婚禮。不過，胡適馬上轉念一想：「趙元任出過國、留過學，也許他並不在意那些繁文縟節。」

於是，他們便在驚訝之餘，答應了趙元任的請求。

趙元任與楊步偉便鄭重地在趙元任手寫的婚書上簽名。接著，由胡適作趙元任的證婚人，朱徵作楊步偉的證婚人，在婚書上簽名為證。

證完婚後，胡適正對自己沒有準備兩人的結婚禮物而感到懊惱。就在這時，他忽然想起自己不就帶著一本自己註釋的《紅樓夢》嗎！於是他便將那本書拿出來，笑著對趙元任和楊步偉說道：「不好意思，我就把這本書作為送給你們的結婚禮物吧！」是以，胡適不僅作為趙元任與楊步偉的證婚人，同時也是送他們結婚禮物的第一個人。

後來，趙元任和楊步偉便寄發他們的結婚通知書給各界親友，通知書上是這樣寫的：

趙元任博士和楊步偉女士恭敬地對朋友們和親戚們呈送這份臨時的通知書。

告訴諸位，他們兩人在這信未到之前，已經在十年六月一日（西曆一九二一年）下午三點鐘，東經百二十度平均太陽標準時，在北京自主結婚。

告訴諸位，他們結婚的儀式是如下：

由本人和證婚人簽名。

證婚人：胡適之博士、朱徵醫士。

告訴諸位，因為要破除近來俗陋的虛文和無為的繁費的習氣，所以他們申明，除底下兩個例外，賀禮一概不收：

趙元任與楊步偉合影

例外一——抽象的好意，例如表示於書信、詩文或音樂等，由送禮者自製的、非物質的賀禮。

例外二——或由各位用自己的名義捐獻給中國科學社。

趙元任和楊步偉這種不辦婚禮儀式，只簽訂婚書的結婚方式在當時的年代實屬少見。是以，他們的這場婚事還曾被當時的北京機關報《晨報》當作新聞報導，並冠上特號大字的標題——〈新人物的新式結婚〉，引起了一陣轟動。

胡適曾在日記中寫道：「這是世界——不但是中國——的一種最簡單又最近理的結婚式，故記於此。」

第五章

胡適之名人互動

01 胡適與蔣中正

新文化中舊道德的楷模
舊倫理中新思想的師表
——蔣中正

蔣中正，字介石，為中華民國開始施行憲政後的第一任至第五任總統。

胡適與蔣中正的第一次見面是在蔣中正與宋美齡的婚禮上。一九二九年，胡適受時任中華民國國民政府財政部長的宋美齡兄長宋子文邀請，以北京大學文學院院長的身分出席婚禮。不過，在此次婚禮中，兩人並無交集。

胡適與蔣中正的首次交集是在一九三二年。當年，胡適曾於武漢大學講學，後經武漢大學校長王世杰的介紹結識了蔣中正。當時的胡適希望能夠透過這個難得的機會，與蔣中正談論國家的根本問題。然而，當天兩人只略談了些教育改革方面的問題。

一九五三年，胡適發表〈政制改革的大路〉一文，文中他評價蔣中正道：「蔣介石先生在今日確有作一國領袖的資格，這並不是因為『他最有實力』，最有實力的人往往未必能作一國的領袖，他的資格正是錢先生說的——『他近幾年來所得到的進步』。他長進了，氣度變闊大了，態度變和平了。他的見解也許有錯誤，他的措施也許有很不能滿人意的，但大家漸漸承認他不是自私的，也不是為一黨、一派人謀利益的。在這幾年之中，全國人心目中漸漸感覺到他一個人總在那裡埋頭苦幹，挺起肩膊來挑擔子，不辭勞苦，不避怨謗，並且『能相當地容納異己者的要求、尊重異己者的看法』。在這一個沒有領袖人才教育的國家裡，這樣一個能跟著經驗長進的人物，當然要逐漸得著國人的承認。」

一九三七年，盧溝橋事變前夕，蔣中正和當時的行政院長汪精衛於江西廬山舉行談話會，邀集全國各界學者、名流，徵詢各界人士對於當前國家處境的看法。該次談話會中，相同姓氏的人被安排同坐一起。當時，談話會除了胡適之外，還有三位胡姓的學者，分別為胡安定、胡次威、胡健中。

談話會正式開始時，蔣中正與汪精衛率先開場，而後胡適便十分慷慨激昂地發表自己的想法。《東南日報》負責人胡健中在聽完胡適的講述後，感受頗深，當場寫下一首詩贈與胡適：「溽暑匡廬盛會開❶，八方名士溯江來。吾家博士真豪健，慷慨陳辭又一回。」

胡適一看，隨即落筆，作了一首白話詩回贈：「哪有貓兒不叫春，哪有蟬兒不鳴夏，哪有蛤蟆不夜鳴，哪有先生不說話。」以自謙其發表的言論不當胡健中的美譽。後來，胡適這首白話詩被刊載於中國國民黨的機關報《中央日報》上。

其時正值抗戰之際，使得平素不苟言笑、缺乏幽默感，連美國總統羅斯福都曾予以評價為「古板、極其乏味」的蔣中正，心情更加地沉重。不過就在某天，蔣中正閱讀《中央日報》時，剛好看到胡適這首饒有趣味的白話詩，詩中淺白幽默的話語讓他不由得笑了起來。

後來，蔣中正與中國共產黨政治部副主任周恩來於廬山進行談判。這天，胡健中恰巧來到廬山，碰見了周恩來。兩人在交談中提及胡適該首白話詩，而當胡健中唸到「哪有先生不說話」時，連周恩來也忍俊不禁，大笑起來。

一九三八年，時任國民政府軍事委員會委員長的蔣中正致電胡適，請胡適出任「駐美大使」。蔣中正希望能藉此發揮胡適在美國的影響力，促使美國改變對於中國與日本兩國的中立態度，並取得美國的援助。

胡適對此略感猶豫，在寫給妻子江冬秀的信中說道：「二十年前的七月二十日，我從外國回來後，在上海的新旅社裡發下一願，決定二十年不入政界，二十年不談政治。那二十年中，『不談政治』一句話是早就拋棄的了；『不入政界』一句話，總算不曾放棄……今日以後的二十年，在這大戰爭怕不可避免的形勢裡，我還能再逃避二十年嗎？」在經過一個多星期的猶豫後，胡適心想：「國家際此危難，有所驅策，義何敢辭。」於是他便接受蔣中正的要求，出任駐美大使。

胡適在擔任駐美大使的四年間，到處為自己的國家奔走、宣傳、演講。他多次為中國成功爭取到美國的援助、貸款，並且成為美國投入對日戰爭的一大助力。蔣中正為此特地發來賀電：「借款成功，全國興奮。從此抗戰精神必益堅強，民族前途實利賴之。」對胡適的貢獻予以肯定。

一九四二年，因胡適駐美大使的任務已成，中華民國國民政府遂寄發免職電報，胡適當晚即致電國民政府：「蒙中樞重念衰病，解脫職務，十分感激。」

一九四七年，胡適已經從美國回到中國，擔任北京大學校長，受蔣中正所邀至南京談話。在這次談話中，蔣中正表明他希望胡適能出任考試院院長和國民政府委員會委員。胡適卻回道：「我不願作大官，只想作諫友[2]。」

談話結束後，蔣中正在送胡適離開時，關切道：「胡太太在北平嗎？」胡適就藉機再度表態：「內人臨送我上飛機時說，千萬不可做官，做官我們不好相見了。」胡適激動的反應讓蔣中正笑著說：「這不是官啊！」

後來，胡適寫信給外交部部長王世杰，懇請王世杰向蔣中正說明他無法擔任考試院院長和國民政府委員會委員的理由，信中寫道：「第一，我受命辦一個學校，不滿一年半，未有成績，就半途改轍，實在有點對不住自己、對不住國家。在道義上，此舉實有不良的影響。第二，我今年五十七歲了，餘生有限，此時改業，便是永遠拋棄三十多年的學術工作了……第三，我自從一九四二年九月以來，決心埋頭治學，日夜不懈，總想恢復我中斷五年的做學問的能力。此時完全拋下，而另擔負我整整五年中沒有留意的政治、外交事業，是用其所短而棄其長，為己為國，都無益處。」

一九四八年三月三十日，在第一屆國民大會第一次預備會議中，胡適被公推為臨時主席。該次預備會議主要討論了國民大會主席團的選舉辦法。而當天的情況，曾由擔任胡適秘書的胡頌平記載於《胡適之先生年譜長編初稿》中：「這天早上蔣主席對王世杰說，他曾考慮了多時，他不願當選總統，但願擔任行政院長。他的意思在現行憲法之下，他如擔任總統，將會受到過大的束縛，不能發揮他的能力，戡亂工作將會受到影響；所以他想請先生為總統候選人，要王世杰去和先生商洽。」

是以，時任教育部長的王世杰便奉蔣中正之命，前去與胡適洽談。《胡適之先生年譜長編初稿》也紀錄了王世杰與胡適洽談隔日的情況，以及此事的後續發展：「這天早上，王世杰向蔣主席報告昨天洽談的經過。蔣主席要王世杰力促先生鼓起勇氣，勸他接受。午後三時，王世杰再和先生詳談。到了晚上八點時，王世杰繼續懇勸先生，才說讓蔣主席決定，表示可以接受了。但先生接著說：『蔣先生如有困難，盡可另覓他人，或取消原議，我必不介意。』

王世杰當下報告了蔣主席，蔣主席說：『很好，我當召集中央執監會議，由我提出。』

「四月一日，先生去看王世杰，說他昨天的決定，未免太匆促了。他曾細細想過，總覺得他的身體健康與能力不能勝任，要請王世杰再向蔣先生鄭重申述『最好能另覓他人』的附帶意見。」

四月三日，胡頌平又記錄道：「王世杰見到蔣主席，說推選先生為總統候選人的事，他前晚答應之後，又不免遲疑起來的話。」他也記錄下了與胡適兩人之間的對話——

先生說：「昨天夜裡，蔣先生約我到他的官邸談了很久。他將於國民黨中央執行委員會全體會議裡提名我為總統候選人。他說在這部憲法裡，國家最高的行政實權在行政院，他這個人不能作沒有實權的總統，所以願將總統讓給我，他自己當行政院長；或者由他當總統，要我擔任行政院長。蔣先生的態度如此誠懇，我很感動。於是，我說：『讓蔣先生決定吧。』

「說到這裡，先生很風趣地接著說：『我這個人，可以當皇帝，但不能當宰相。現在這部憲法裡，實權是在行政院——我可以當無為的總統，不能當有為的行政院長。只怕這個消息傳出去，一定有許多新聞記者和不相干的人來訪問，這裡是不能再住了，我不得不做一個短期的流亡。我馬上要到徐士浩先生家中去暫避幾天❸。』先生把徐家的電話號碼數開給我，又說：『如果騮先先生問起我❹，你可以告訴他。』」

而蔣中正在胡適同意成為總統候選人之後，便召開中國國民黨第六屆中央執行委員會臨時全體會議，討論總統、副總統的提名。但在最終，蔣中正希望能推舉胡適為中國國民黨總統候選人一事，由於中國國民黨黨內仍普遍支持蔣中正為總統候選人而作罷。

最後，胡頌平紀錄此事的結果：「四月五日，蔣主席約王世杰去談，說他的計畫是無法實現了。一是黨內同志不贊成，二因如他拒絕為總統候選人，必有別人出來競選總統，將來的結果必定很壞。王世杰退出之後，當下就看先生，把經過的實情對先生說了。這時國內外記者，已有洩露蔣主席即將推薦先生為總統候選人的消息。現知此議已成過去，真有如釋重負的輕鬆，特別愉快。」

而胡適也曾在日記中寫下自己對於此事的想法——

三月三十一日，胡適記錄道：「下午，王雪艇傳來蔣主席的話[5]，使我感覺萬分不安。蔣公意欲宣布他自己不競選總統，而提我為總統候選人，他自己願作行政院長。我承認這是一個很聰明、很偉大的見解，可以一新國內外的耳目。我也承認蔣公是很誠懇的。他說：『請適之先生拿出勇氣來。』但我實無此勇氣！晚上八點一刻，雪艇來討回信，我接受了。此是一個很偉大的意思。只可惜我沒有多大自信力。故我說：『第一，請他考慮更合適的人選。第二，如有困難，如有阻力，請他立即取消。』他對我完全沒有諾言的責任。」

四月一日，胡適記：「我今晚去看雪艇，告以我仔細想過，最後還是決定不幹。昨天是責任心逼我接受，今天還是責任心逼我取消昨日的接受。」

四月五日，王世杰向胡適說明中國國民黨總統候選人的討論結果後，胡適在日記感嘆道：「我的事到今天下午才算『得救了』。兩點之前，雪艇來代蔣公說明他的歉意。」

四月六日，胡適還特地發電報給北京大學秘書長鄭天挺，請他幫忙告訴其他朋友，這次的風波已經平靜地結束。

後來，胡適於日記中記錄下四月八日與蔣中正會面的情況：「蔣公向我致歉意。他說，他的建議是他在牯嶺考慮的結果❻，不幸黨內沒有紀律，他的政策行不通。我對他說，黨的最高幹部敢反對總裁的主張，這是好現狀，不是壞現狀。他再三表示要我組織政黨，我對他說，我不配組黨。我向他建議，國民黨最好分化作兩、三個政黨。」

一九四八年年底，國共內戰接近尾聲，當時的戰況對中華民國政府極為不利。時任中華民國政府總統的蔣中正領導教育部部長朱家驊、前北京大學代理校長傅斯年，以及時任國防部預備幹部管理處中將代處長的蔣中正長子蔣經國等人，於南京緊急磋商，謀劃「平津學術教育界知名人士搶救計畫」，並擬定「搶救人員名單」。想當然耳，在政治、學術兩界皆影響甚巨的胡適就在「搶救人員名單」之列。

是以，蔣中正當時曾急電北京大學秘書長鄭天挺，令他迅速組織胡適等知識份子盡速南下，共商圖存大計。不過，身為北京大學校長的胡適以籌備北京大學五十週年校慶為由，不肯離開北京。

後來，蔣中正曾親自發送兩次電報，請胡適往赴南京，並表示會派專機迎接胡適。專機到來的前一天，胡適又接到教育部部長朱家驊親自發的密電：「明天派專機到平接你與陳寅恪一家來京。」胡適才定下決心離開北京，前往當時中華民國政府所在的南京。

一九四九年四月，胡適應中華民國政府的要求，前往美國擔任說客，為和平解決國共內戰問題尋求美國政府的介入。年底，中華民國政府從中國撤往台灣。

一九五二年，胡適和駐聯合國代表蔣廷黻曾有意合作組織中華民國政府的反對黨，以便在台灣推行民主政治。不過，此事於胡適回到台灣與蔣中正討論後，遭到蔣中正的反對，組黨一事遂胎死腹中。

同年，胡適也曾致函蔣中正，提出「國民黨應廢止總裁制」、「國民黨可以自由分化，成為獨立的幾個黨」等意見，懇請蔣中正參考。面對胡適的意見，蔣中正於自己的日記中寫道：「書生之見，不知彼此環境與現狀完全不同也。中國學者往往如此，所以建國無成也。」

同年年底，胡適曾經回到台灣與蔣中正會面。蔣中正的日記曾記載這次會面的情況：

「胡適之來談，先談台灣政治與議會感想，彼對民主自由高調，又言我國必須與民主國家制度一致，方能並肩作戰，感情融洽，以國家生命全在於自由陣線之中。余特斥之，彼不想第二次大戰民主陣線勝利。而我在民主陣線中，犧牲最大，但最後仍要被賣亡國也。」

蔣中正又曾寫道：「此等書生之思想言行，安得不為共匪所侮辱、殘殺，彼之今日猶得在台高唱無意識之自由，不自知其最難得之運，而竟忘其所以然也。」

一九五七年，胡適當選中華民國最高研究機構——「中央研究院」的院長。隔年四月，胡適回台就任中央研究院院長。就職典禮結束之後，胡適旋即召開中央研究院第三次院士會議。此次會議冠蓋雲集，總統蔣中正與副總統陳誠皆有出席。胡適以院長身分宣布院士會議召開之後，便邀請蔣中正發言。於是，蔣中正便上台發表了他對於中央研究院的「期望」。不料，在蔣中正發言後，胡適竟開始一一加以反駁。

當時在場的中央研究院民族學研究所助理研究員李亦園，曾回憶此事道：「對我來說，胡院長任內，從民國四十七年四月十日他就任開始，一直到民國五十一年二月二十四日他在蔡元培館開會時倒下去過世，在三年幾個月間，有兩件重大的事情。第一件重大的事情，對中央研究院，對我個人來說，都是很難忘的，那就是民國四十七年四月十日，胡院長就職典禮上發生的一件事……

「這一次典禮蔣老總統特別來主持，開會地點在蔡元培紀念館。胡院長是蔣老總統費了一番精神邀請來擔任院長的，因此胡院長就職時蔣老總統特別親自來了，來了之後還講話。在他的講話中，不知為什麼忽然說到共產黨在大陸坐大，可以說與五四運動的提倡自由主義不無關係，這樣的說話對胡先生來說當然是非常尷尬的，因為五四運動跟他有密切的關係，他是重要的推動者。

「結果，老總統講完之後，胡先生站起來繼續答話，他的答話讓大家臉色都凝住了，他一開始就說：『總統你錯了。』在當時那麼威權的時代，他這樣講使全場的人臉色都變白了。氣氛非常緊張，老總統卻很有風度地主持完會議，只是在胡院長任內就未再來過南港了……這一件事，胡院長的表現可以說確實為中央研究院在追求學術自由與獨立上，樹立了一個里程碑。」

中央研究院近代史研究所研究員呂實強在其著述《如歌的行板——回顧平生八十年》也曾有此事的記載：「就職典禮在新落成的史語所考古館舉行，若干政要與學術界的領導人物都來參加，蔣中正總統與陳誠副總統亦均親臨。在蔣總統的致詞中有一段說：『我對胡先生，不但佩服他的學問，他的道德品格我尤其佩服。不過只有一件事，我在這裡願意向胡先生一提，那就是關於提倡打倒孔家店。當我年輕之時，也曾十分相信，不過隨著年紀增長，閱歷增多，才知道孔家店不應該被打倒，因為裡面確有不少很有價值的東西。』

「胡先生致答詞的時候則表示：『承總統對我如此的稱讚，我實在不敢當，在這裡仍必須謝謝總統。不過對於打倒孔家店一事，恐怕總統是誤會了我的意思。我所謂的打倒，是打倒孔家店的權威性、神祕性，世界任何的思想學說，凡是不允許人家懷疑的、批評的，我都要打倒。』總統聽到胡院長這一段話，立即怫然變色❼，站起身來便要走，坐在他旁邊的陳誠，趕快拉他坐下，這樣總統方在典禮結束時告辭離開。」

胡適與蔣中正這次的矛盾，實起於兩人在思想上的差異。蔣中正認為中央研究院身為全國學術之最高研究機構，應當擔負起「復興民族文化」的任務。是以，蔣中正曾說道：「目前大家共同努力的惟一工作目標，為早日完成反共抗俄使命，如果此一工作不能完成，則吾人一切努力均將落空，因此希望今後學術研究，亦能配合此一工作來求其發展。」

不過，胡適亦受過蔣中正的肯定，他認為胡適「最令人敬佩者即為其個人之高尚品德」。因此，蔣中正又曾說過：「今日大陸上共匪以仇恨與暴力，為其一切倒行逆施之出發點，其目的在消滅我國家之傳統歷史與文化，而其重點則為毀滅我民族固有之倫理與道德，因此胡適先生之思想及其個人之德性，均不容於共匪，而必須予以『清算』，即為共匪摧毀我國倫常道德之一例。」

透過上面的論述，可見蔣中正希望「教育界、文化界與學術界人士，能一同負起恢復並發揚我國固有文化與道德之責任」。如他曾經說道：「倫理道德實為吾人重建國家、復興民族、治標治本之基礎，必須此基礎鞏固，然後科學才能發揮其最好效能，民主才能真正成功，而獨立自由之現代國家亦才能確實建立起來。」

而胡適身為國家的最高學術機構中央研究院的院長，自然也對於中央研究院應該朝著什麼方向發展、承擔什麼樣的任務，有著自己的看法與主張。胡適認為中央研究院的方向與任務，應以學術自身的邏輯與需要為依據。反之，蔣中正的期望卻是以「復興民族文化」為依歸，他甚至明言學術研究必須配合「反共抗俄」的使命。就因如此，胡適才會反駁蔣中正的言論。

例如，在面對蔣中正「恢復並發揚我國固有文化與道德」的期望時，胡適說道：「我們的任務，還不只是講公德、私德，所謂忠信、孝悌、禮義、廉恥，這不是中國文化所獨有的。所有一切高等文化、一切宗教、一切倫理學說，都是人類共同有的。總統對我個人有偏私，對於自己的文化也有偏心。所以在他領導反共復國的任務立場上，他說話的分量不免過重了一點。我們要體諒他，這是他的熱情所使然。我個人認為，我們學術界和中央研究院挑起『反共復國』的任務，我們做的工作還是在學術上，我們要提倡『學術』。」

還有一例，像是蔣中正認為一九五〇年代時，中國共產黨領導的中華人民共和國對於胡適的「清算」，是摧毀中國倫常道德的作為。然而，胡適的見解卻全然不同，他說：「我被共產黨清算，並不是清算個人的所謂道德。他們清算我，是我在大陸上，在中國青年的思想上，腦袋裡，留下了許多『毒素』。

「共產黨為什麼反對我？因為我這幾十年來對學生講，我考證《紅樓夢》、《水滸傳》是要藉這種人人知道的小說材料提倡一種方法。教年輕人有一種方法，等於孫行者身上有三根救命毫毛❽，可以保護你們不受任何人欺騙，什麼東西都要拿證據來。『大膽的假設，小心的求證』，這種方法可以打倒一切教條主義、盲從主義，可以不受人欺騙，不受人牽著鼻子走。我說，被孔夫子牽著鼻子走固然不是好漢，被朱夫子牽著鼻子走也不是好漢，被馬克斯、列寧、史達林牽著鼻子走，更不算是好漢。共產黨現在清算胡適，常常提到這幾句話，認為胡適一生做的學問，都是為了反對馬克斯主義的。」

就職典禮結束後，蔣中正在日記中寫下此次與胡適交流的真正想法：「今天實為我平生所遭遇的第二次最大的橫逆之來。第一次乃是民國十五年冬、十六年初，在武漢受鮑爾廷宴會中之侮辱。而今天在中央研究院聽胡適就職典禮中之答拜的侮辱，亦可說是求全之毀，我不知其人之狂妄、荒謬至此，真是一狂人！今後又增我一次交友不易之經驗。而我輕交過譽，待人過厚，反為人所輕侮，應切戒之。惟仍恐其心理病態已深，不久於人世為慮也。「十時，到南港中央研究院參加院長就職典禮，致辭約半小時，聞胡答辭為憾，但對其仍禮遇不予計較……因胡事終日抑鬱，服藥後方可安眠。」

一九六〇年九月，由於蔣中正第二屆總統任期即將屆滿，他便修改了《動員戡亂時期臨時條款》，凍結《憲法》對於總統連任的限制。蔣中正這一明顯違憲、破壞民主法治的舉動，使得雷震、胡適、高玉樹、李萬居等人共同連署，反對蔣中正違背《中華民國憲法》三度連任總統。

後來，爆發「雷震事件」，雷震被判處十年徒刑。當時在美國的胡適一得知消息，隨即向時任行政院院長的陳誠發出電報，說道：「今晨此間新聞廣播雷震等被逮捕之消息，且明說雷是主持反對黨運動的人。鄙意政府此舉甚不明智，其不良影響所及可預言者：一則國內外輿論必認為雷等被捕，表示政府畏懼並挫折反對黨運動；二則此次雷等四人被捕，《自由中國》雜誌當然停刊，政府必將蒙『摧殘言論自由』之惡名；三則在西方人士心目中，『批評政府』與『謀成立反對黨』皆與叛亂罪名絕對無關。」

同年十一月，胡適自美國返回台灣時，即刻面見蔣中正，為雷震求情。胡適表示政府當局逮捕雷震的處置相當不恰當，此案應該交由司法，公開偵查、審理。然而，蔣中正只淡淡地回應道：「胡先生同我向來是感情很好的，但是這一、兩年來，胡先生好像只相信雷儆寰，不相信我們政府。」

胡適回道：「這話太重了，我當不起……十年前總統曾對我說，如果我組一個反對黨，他不反對，並且可以支持我，總統大概知道我不會組黨的。但他的雅量，我不會忘記。」最後，胡適多次設法營救雷震，不但沒有成功，反而還加深蔣中正與他之間的隔閡與猜疑。

一九六二年二月二十四日，胡適不幸辭世。蔣中正送上親筆書寫的輓額——「智德兼隆」，以及輓聯——「新文化中舊道德的楷模，舊倫理中新思想的師表」，表達他對胡適的敬重，以及讚賞胡適對於整個中華文化的影響與成就。而在公開瞻仰胡適遺容的當天，蔣中正亦親自前來弔唁。

胡適與蔣介石合影

後來，蔣中正曾在其日記中寫下：「蓋棺論定，胡適實不失為自由評論者，其個人生活亦無缺點，有時亦有正義感與愛國心。惟其太偏狹自私，且崇拜西風，而自卑其固有文化，故仍不能脫出中國書生與政客之舊習也。」

《註釋》

❶ 匡廬：指江西廬山，因傳說有先秦匡俗兄弟結廬在此而得名。

❷ 諫友：用言語或行動勸告他人改正錯誤的朋友。

❸ 徐士浩：曾於北京大學學習法政，為民國時著名律師之一，與胡適感情甚篤。

❹ 騮先：指朱家驊，其字騮先，時任教育部部長，並曾先後擔任交通部部長、浙江省政府主席、中央研究院第一屆院士。

❺ 王雪艇：指王世杰，其字雪艇。

❻ 牯嶺：位於中國江西省廬山。

❼ 怫然：憤怒、生氣的樣子。

❽ 孫行者：即「孫悟空」，為明代著名小說《西遊記》中主要角色之一。

02

胡適與毛澤東

「我非常欽佩胡適和陳獨秀的文章。他們代替了已經被我拋棄的梁啟超和康有為，一時成了我楷模。」

——毛澤東

毛澤東，一八九三年出生於湖南省湘潭市，為中國共產黨第一任中央委員會主席與中華人民共和國第一代最高領導人。

一九二〇年代左右，中國社會開始出現國外留學熱潮。一九一八年，毛澤東與好友蔡和森成立「新民學會」，宗旨為「革新學術，砥礪品行，改良人心風俗」。而該學會成立後的第一項重要活動就是積極倡導「留法勤工儉學」❶，此活動是為了響應蔡元培、汪精衛等人發起的「留法儉學會」。「留法儉學會」發起人認為：「今共和初立，欲造成新社會、新國民，更非留學莫濟，而尤以民氣民智先進之國為宜。茲由同志組織留法儉學會，以興勤儉苦學之風，以助其事之實行也。」

因此，當時的毛澤東還為了讓自己與其他新民學會成員能一起前往法國留學，時常來往湖南與北京兩地工作。然而，就在開往法國的郵船將要啟航的幾天前，毛澤東卻突然決定要留在中國，放棄前往法國留學的機會。

為什麼毛澤東會忽然改變留學法國的決定呢？原因於毛澤東寫給摯友周世釗的信中可見一斑：「我覺得求學實在沒有『必要在什麼地方』的理，『出洋』兩字，在好些人只是一種『迷』。中國出過洋的總不下幾萬，乃至幾十萬，好的實在很少。多數呢？仍舊是『糊塗』，仍舊是『莫名其妙』，這便是一個具體的證據。我曾以此問過胡適之和黎邵西兩位❷，他們都以我的意見為然，胡適之並且作過一篇〈非留學篇〉。因此我想暫不出國去，暫時在國內研究各種學問的綱要。」

由此可見，毛澤東決定不往赴法國留學多少受到胡適的影響。

一九一九年，新民學會創辦《湘江評論》週報，該週報成為當時湖南知名的學生聯合週報。而毛澤東則為該週報的主編和主要撰稿人，並且曾於《湘江評論》上發表過〈民眾大聯合〉三篇。

後來，胡適在《每週評論》上發表的〈介紹新出版物〉一文曾提及《湘江評論》：「現在我們特別介紹我們新添的兩個小兄弟——一個是長沙的《湘江評論》，一個是成都的《星期日》。這兩個週刊，形式上、精神上，都是同《每週評論》和上海的《星期評論》最接近的。就我們已收到的幾期看來，《星期日》的長處似乎是在文藝的一方面，《湘江評論》的長處是在議論的一方面。《湘江評論》第二、三、四期的〈民眾的大聯合〉一篇大文章，眼光很遠大，議論也很痛快，確是現今的重要文字。還有湘江大事述評一欄，記載湖南的新運動，使我們發生無限樂觀。武人統治之下，能產出我們這樣的一個好兄弟，真是我們意外的歡喜。」

一九一九年，毛澤東為反對北洋政府湖南督軍張敬堯派兵鎮壓湖南學生運動一事，再度來到北京，代表「新民學會」爭取胡適對湖南學生的支持。此事於胡頌平《胡適之先生晚年談話錄》中有所記載：「先生說，毛澤東在湖南師範畢業後到了北平，他和五個青年上書於我——這封信，我是交給竹淼生的弟弟竹垚生保管的❸。在抗戰期間，放在上海，竹垚生怕生事，把它燒掉了……」

一九二〇年，在毛澤東回到湖南之前，曾寄給胡適一張明信片，裡頭寫道：

適之先生：在滬上一信達到了麼？我前天返湘。湘自張去，氣象一新，教育界頗有蓬勃之象。將來湖南有多點需借重先生，俟時機到，當詳細奉商，暫不多贅。

隔年，毛澤東回到湖南長沙後，創辦了一所傳播「馬列主義」、培養其革命幹部的學校——湖南自修大學。而毛澤東在計劃創立該學校時，曾請教過胡適。胡適曾於日記中回憶道：「毛澤東依據了我在一九二〇年的〈一個自修大學〉的講演，擬成《湖南第一自修大學章程》，拿到我家來，要我審定改正。他說，他要回長沙去，用『船山學社』作為『自修大學』的地址。過了幾天，他來我家取去章程改稿，不久他就回湖南了。」

此事亦可於毛澤東寫給好友陶毅、周世釗的信中得到印證：「湘事平了，回長沙，想和同志成『自由研究社』，預計一年或兩年，必將古今中外學術的大綱，弄個清楚。好作出洋考察的工具（不然，不能考察）……我想我們在長沙要創造一種新的生活，可以邀合同志，租一所房子，辦一所自修大學（這個名字是胡適先生造的），我們在這個大學裡實行共產的生活。」

一九三六年，在一位美國記者愛德加．史諾訪問毛澤東時，毛澤東曾談道：「《新青年》是有名的新文化運動的雜誌，由陳獨秀主編，我在師範學校學習的時候，就開始讀這個雜誌了。我非常欽佩胡適和陳獨秀的文章。他們代替了已經被我拋棄的梁啟超和康有為，一時成了我楷模。」

由以上毛澤東與胡適的互動，可以看見胡適的為人與思想深深影響了毛澤東，特別是在「改革舊文化」這一方面，因此毛澤東其實是十分敬佩、推崇胡適的。不過，相對於胡適畢生主張「自由」、「民主」，毛澤東的主張則從「改革」漸漸轉為「激進派的共產主義」，而且其行事作風也漸漸走向「專制」，最終與胡適的思想分道揚鑣。

一九四八年，在國共內戰接近尾聲時，胡適便毅然決然跟隨中華民國政府離開北京，並且應中華民國政府的要求，前往美國當說客，為中華民國政府尋求美國政府的介入。

後來，胡適在美國發表〈共產黨統治下決沒有自由：跋所謂「陳垣給胡適的一封公開信」〉，申明中國在中國共產黨的統治之下，是絕對不會有學術思想自由的。從此，便埋下了胡適與毛澤東對立的種子。

胡適與毛澤東立場的對立，也間接導致了一九五四年起的反對胡適思潮。而此思潮興起的原因，除了胡適與毛澤東立場的不同外，還有另一個原因——胡適研究會會長耿雲志曾詳細說明道：「胡適這個人既具有中國忠恕，儒家講這個忠恕之道，又有西方的這種紳士的修養，他從來不惡語傷人。從二十年代開始，青年學生、左派作家不斷地用各種非常激烈、惡毒的字眼來罵他，他從來不回罵；魯迅寫那麼多罵他的文章，他從來不回答；共產黨這麼批判他，他也沒有對毛澤東，對中共講非常難聽的話。

「我的記憶中，胡適講的可能最令毛澤東生氣的一句話——他有一次答記者問，記者說：『毛澤東當時在北大做事，毛澤東是不是你的學生？』胡適說：『他不是我的學生，他當時只是在北大圖書館做事。』完了，他下面加了一句，這句話我想是他一生裡，講的最有失紳士風度的一句話。他說：『按照毛澤東當時的水平，他考北大是考不上的。』我估計這個話有可能傳到毛澤東的耳朵裡，所以毛澤東非常決斷地發動一場全國規模的徹底批判胡適的運動。

「所以，後來中國一般老百姓除了跟胡適有過接觸、讀過胡適的書的一些老一代人以外，一般人對胡適的瞭解，都是批判運動所塑造的那個胡適形象——賣國、買辦文人、蔣介石的御用文人、戰爭罪犯、戰爭鼓吹者。」

一九五六年二月，毛澤東在一次宴請中國人民政治協商會議代表時，曾說道：「胡適這個人也頑固，我們託人帶信給他，勸他回來，也不知他到底貪戀什麼？批判嘛，總沒有什麼好話。說實話，新文化運動他是有功勞的，不能一筆抹殺，應當實事求是。二十一世紀，那時候，替他恢復名譽吧！」九月，毛澤東又託人致函胡適，轉達中國共產黨黨中央的意見：「大陸對胡適的批判主要針對他的思想，不針對個人。如果胡適回去，還是會受到歡迎，並且來去自由。」胡適則回信道：「除了思想之外，什麼是『我』？」

後來，胡適在前往美國加州大學講學的途中，曾與記者談到《新青年》和《獨立評論》在中國近代新聞史上的地位。在該次談話中，胡適說道：「從那時候開始，自由思想和共產主義便不能相容……共產黨以三百萬言的著作，印了十幾萬冊書籍來清算胡適思想，來搜尋『胡適的影子』，來消滅『胡適的幽靈』。共產黨越清算我的思想，越證明這種思想在廣大中國人民心裡發生了作用。中國人民一日未喪失民主自由的信念和懷疑求證的精神，毛澤東、劉少奇和周恩來便一日不能安枕❹，郭沫若等一幫文化奴才便要繼續清算我的思想❺。」

接著，胡適又對於「中國不僅沒有說話的自由，更失去了不說話的自由」一事，發出感嘆：「中國知識份子就不能說許多非出自本身或虛偽的話，頌揚不值得頌揚的事，或不譴責他們內心不願譴責的師友。總而言之，沒有不說話的自由，就逼使許多中國知識份子講政治性的謊言……當中共政權命令全國清算胡適思想毒素的時候，我的朋友或學生，都不得不說出他們對我的批判或痛罵，他們充分知道我會瞭解他們並沒有不說話的自由。」

一九五七年九月二十六日，胡適在聯合國大會上，以「中國大陸反共抗暴運動」為題發表演說，說明在毛澤東領導的中國共產黨政權的統治下，中國人民的自由與人權被剝奪殆盡的情況。

其中，胡適說道：「創造聯合國的原始會員國家，在『聯合國憲章』中曾鄭重宣告，憲章的主要目標之一，在『重申基本人權、人格尊嚴與價值』。但是，現在中國大陸所受共黨醜惡虐政，乃是與憲章及人權宣言極端相反的。在今天中國大陸上，凡是想作一個獨立的人，不分男女，都正被任意逮捕、拘禁、處決或消滅；千百萬農人都正在被放逐或遭受到最殘酷的奴役；千百萬無辜的人民都正在驅做奴工；兒女們被逼著控訴父母，家庭沒有溫暖與私人生活。」

最後，胡適再度強調：「個人的尊嚴與價值已被剝奪殆盡，沒有任何基本人權，甚至沒有不說話的自由。主席先生，假如這種政權竟配為聯合國會員國的話，那麼聯合國便與它的憲章和人權宣言不能相配了。」

一九五九年，胡適曾讀到毛澤東的詩詞，他在當天的日記中寫下其感想：「看見大陸上所謂『文物出版社』刻印的毛澤東《詩詞十九首》，共九頁。真有點肉麻！其中最末一首即是『全國文人』大捧的《蝶戀花》詞，沒有一句通的！抄在這裡——〈遊仙．贈李淑一〉：『我失驕楊君失柳，楊柳輕颺直上重霄九。問訊吳剛何所有，吳剛捧出桂花酒。寂寞嫦娥舒廣袖，萬里長空，且為忠魂舞。忽報人間曾伏虎，淚飛頓作傾盆雨。』我請趙元任看此詞押的舞、虎、雨，如何能與『有』韻字相押。他也說，湖南韻也無如此通韻法。」

一九六一年一月，胡頌平於《胡適之先生年譜長編初稿》中記載了胡適聽聞中國現況後的反應：

今天先生看了吳立行的宣言後說：「大陸上人民餓死的約有六千萬人。在梅縣一個村莊裡本有四千人口，已經餓死了一半，只有兩千多人了。在北京，每人每月還可配到八兩油，在鄉村，每月每人只有一兩油。前天邵幼軒把她的祖母的信帶來給我看❻，說：『副食都不夠，我們快要乾死了。』一個人一個月只有一兩油，她說的『乾死』，大概是指沒有油吃而說的。

「中國古代的『日出而作，日入而息，帝力於我何所有哉』，這句話是很有道理的——讓人民自食其力，不要干涉他，他們會得到食物的。像油，農村都是自己做的，他們種的東西自己來榨油，本來不成問題，所以我主張的『無為而治』還是有道理的。到了政府去管制，已經不行了，再到了實行人民公社之後，什麼都沒有了。這是管制的結果，還不如無為而治，讓人民自食其力，決不至於這個地步。」

他用紅色的原子筆在吳立行的宣言上劃了好幾處，他指著說：「大陸上，人民真的是餓死了，這些都是真的，真氣死人！」

毛澤東留影

同年年底，胡適於《民族晚報．胡適文言信》看到自己曾經發給毛澤東的電報時，勾起了從前的回憶，他在旁邊標註十三個字——「從紐約發給毛澤東的無線電文」。由胡適晚年對毛澤東的態度，可以知道他並非完全討厭毛澤東這個人，而是對於毛澤東的專制統治、限制自由、迫害民主，以及陷中國人民於水深火熱之中，而感到憤慨不平、痛心疾首。

註釋

❶ 勤工儉學：一邊學習，一邊兼職，以資助自身的學習和生活。

❷ 黎邵西：指黎錦熙，其字劭西。為近代語言文字學家與改革家，曾發起成立「中華民國國語研究會」，擬定該會宗旨為「國語統一」（推行普通話）和「言文一致」（普及白話文）。

❸ 竹淼生、竹垚生：同為中國近代金融業重要人物。

❹ 劉少奇：中國共產黨和中華人民共和國的主要領導人之一，曾擔任第二任至第三屆中華人民共和國主席。

❺ 郭沫若：近代文學家、白話新詩的奠基人之一，曾擔任中國共產黨中央委員。

❻ 邵幼軒：為近代著名畫家邵逸軒之女。

胡適生平紀事年表

童年階段

西元一八九一年	十二月十七日，胡適出生於上海市川沙縣（今上海市浦東新區）。
西元一八九三年	胡適隨母親馮順弟來到台灣，與在台南工作的父親胡傳團聚。
西元一八九五年	由於胡傳調任花蓮，胡適一家又搬遷到花蓮一地。 甲午戰爭後，清政府將台灣割讓給日本，所有在台灣任職的官員被要求內渡離台。胡傳先讓胡適與馮順弟回到位於中國安徽省績溪縣的老家，自己則留在台灣。不久，胡傳因病被送返中國，抵達廈門後，旋即逝世。
西元一九〇四年	胡適離開家鄉，前往上海求學，進入梅溪學堂就讀。 馮順弟替胡適定下了與江冬秀的婚約。
西元一九〇五年	胡適轉入澄衷學堂就讀。
西元一九〇六年	胡適考取中國公學。

留學階段

西元一九一〇年	六月，胡適參加留美官費生招生考試，並順利考取留學美國的官費生。 八月，胡適由上海乘船出發，橫渡太平洋，遠赴美國。 九月，胡適進入美國康乃爾大學農科就讀。

西元一九一二年	胡適轉入美國康乃爾大學文學院就讀，主修哲學，副修政治、經濟與文學。
西元一九一四年	胡適結識韋蓮司。
西元一九一五年	胡適進入哥倫比亞大學哲學系就讀，師從約翰·杜威。
發展階段	
西元一九一七年	一月，胡適發表〈文學改良芻議〉一文，開啟新文化運動序幕。 六月，胡適學成歸國，回到故鄉安徽省績溪縣。 十月，胡適發表〈談新詩〉一文，朱自清譽為「詩的創造和批評的金科玉律」。 十二月，胡適奉母親之命與江冬秀成親，並於婚禮上結識曹誠英。
西元一九一八年	一月，胡適參與《新青年》雜誌的編輯。 四月，胡適發表〈建設的文學革命論〉一文，提出以「國語的文學，文學的國語」作為文學改革的宗旨。 十一月，馮順弟逝世，胡適作〈先母行述〉一文，紀念馮順弟。
西元一九一九年	五月，五四運動爆發，有助於新文化運動的發展。 七月，胡適接辦《每週評論》刊物，發表〈多研究些問題，少談些主義〉一文，李大釗隨後發表〈再論問題與主義〉一文作為回應。他們各自闡述自己的觀點和立場，在當時的學術界引起「問題與主義論戰」。 八月，胡適提出著名的治學方法——大膽假設，小心求證。

西元一九二〇年	三月，胡適發表中國文學史上第一部白話詩集《嘗試集》。
西元一九二二年	胡適擔任國立北京大學教務長兼代理文科學長，創辦《努力週報》，並與蔡元培、李大釗、陶行知、梁漱溟等人共同發表〈我們的政治主張〉一文。
西元一九二四年	胡適與陳西瀅、王世杰等人創辦《現代評論》週刊。
西元一九二五年	胡適參加北京善後會議，參與起草會議文件。
西元一九二六年	胡適與郭秉文等人在美國發起成立華美協進社。
西元一九二七年	胡適與徐志摩、聞一多、梁實秋等人成立新月書店。
西元一九二八年	胡適與徐志摩、聞一多、梁實秋等人創辦《新月》月刊，提倡「健康」、「尊嚴」、「普通的人性」等文學主張，並催生出著重現代格律詩的新月派。
西元一九二九年	胡適於《新月》雜誌發表〈人權與約法〉一文，指出保障人權命令的缺點，隨即掀起社會對於人權問題的廣泛討論，標誌著人權運動的開始，胡適因而成為中國人權思想、自由主義的推手。
西元一九三〇年	胡適與梁實秋、羅隆基將自身所撰寫的人權相關文章，結集成《人權論集》出版。
西元一九三二年	胡適擔任國立北京大學文學院院長兼中國文學系主任，並邀集蔣廷黻、丁文江、傅斯年、翁文灝等人創辦《獨立評論》雜誌。

中年階段

西元一九三七年	七月，中日戰爭全面爆發。 九月，胡適以國民政府特使的身分遠赴歐美遊說演講，爭取歐美國家對中國的支持。
西元一九三八年	胡適應蔣中正要求出任中華民國駐美大使。
西元一九四二年	胡適辭去中華民國駐美大使一職，旅居紐約，從事學術研究。
西元一九四三年	胡適應聘為美國國會圖書館東方部名譽顧問。
西元一九四四年	胡適於哈佛大學講述中國思想史。
西元一九四五年	胡適出任中華民國政府代表團代表，赴美國舊金山出席聯合國制憲會議，並前往英國倫敦出席聯合國教科文組織會議，制訂該組織的憲章。
西元一九四六年	七月，胡適歸國，重執教鞭，擔任北京大學校長。 十一月，胡適出席制憲國民大會，參與制憲事宜。
西元一九四七年	蔣中正曾欲邀請胡適出任考試院院長和國民政府委員會委員，胡適予以婉拒。
西元一九四八年	國共內戰接近尾聲，蔣中正親自發送兩次電報，請胡適往赴中華民國政府所在的南京，並派專機接應胡適。

西元一九四九年	胡適應中華民國政府的要求，為和平解決國共內戰問題，前往美國當說客，尋求美國政府的介入。胡適抵達美國不久，中國人民解放軍攻陷南京中華民國政府，中國國民黨所領導的中華民國政府因而撤退到台灣。
西元一九五〇年	美國試圖說服胡適出面籌組流亡海外及台灣的反共親美人士，建立取代蔣中正的政權，不過胡適對此表示毫無興趣。
西元一九五二年	胡適與蔣廷黻曾有意合作組織中華民國政府的反對黨，以便在台灣推行民主政治。不過，此事於胡適回到台灣與蔣中正討論後，遭到蔣中正的反對，組黨一事遂胎死腹中。
晚年階段	
西元一九五四年	中國大陸掀起胡適的反對思潮。
西元一九五七年	胡適當選中華民國最高研究機構—中央研究院的院長。
西元一九五八年	胡適回到台灣定居，就任中央研究院院長。
西元一九五九年	二月，胡適兼任國家長期科學發展委員會主席。 三月，胡適發表〈自由與容忍〉一文，表達「容忍比自由更重要」，甚至主張台灣必須出現一個反對黨，以適度給予執政黨制衡的力量。

西元一九六〇年	三月，蔣中正修改《動員戡亂時期臨時條款》，凍結《憲法》對於總統連任的限制。此舉使得雷震、胡適、高玉樹、李萬居等人共同連署，反對蔣中正違背《中華民國憲法》三度連任總統。 五月，《自由中國》發表〈我們為什麼迫切需要一個強有力的反對黨〉一文，鼓吹成立反對黨參與選舉以制衡執政黨。之後，雷震開始籌備組黨事宜，胡適雖未參與，但仍多有鼓勵。 九月，台灣警備總司令部以涉嫌叛亂罪逮捕雷震，雷震後被判處十年徒刑。胡適得知此一消息，隨即設法營救雷震，卻都沒有成功。
西元一九六一年	胡適參加台灣大學校長錢思亮的宴會，他剛一抵達便感覺到身體不適，馬上被送往醫院。在抵達醫院後，胡適不幸被診斷出冠狀動脈栓塞症與狹心症，於住院二個月後返家休養。
西元一九六二年	二月二十四日，胡適與世長辭，享年七十二歲。

國家圖書館出版品預行編目資料

胡適作品選集 / 王晴天 著 . --初版. --新北市 :
典藏閣，采舍國際有限公司發行, 2020.03
面； 公分 · -- (經典名家；03)

ISBN 978-986-271-876-6 （平裝）

1.胡適 2.學術思想 3.臺灣傳記

848.6 108022811

典藏閣

胡適作品選集

出版者 ◤ 典藏閣
編著 ◤ 王晴天
總編輯 ◤ 歐綾纖
文字編輯 ◤ 范心瑜、郭佩婷
品質總監 ◤ 王擎天
出版總監 ◤ 王寶玲
美術設計 ◤ 蔡瑪麗

台灣出版中心 ◤ 新北市中和區中山路2段366巷10號10樓
電話 ◤（02）2248-7896
傳真 ◤（02）2248-7758
ISBN ◤ 978-986-271-876-6
出版年度 ◤ 2020年3月初版

全球華文市場總代理/采舍國際
地址 ◤ 新北市中和區中山路2段366巷10號3樓
電話 ◤（02）8245-8786
傳真 ◤（02）8245-8718

全系列書系特約展示
新絲路網路書店
地址 ◤ 新北市中和區中山路2段366巷10號10樓
電話 ◤（02）8245-9896
網址 ◤ www.silkbook.com

線上pbook&ebook總代理：全球華文聯合出版平台
地址：新北市中和區中山路2段366巷10號10樓
主題討論區：www.silkbook.com/bookclub/ ● 新絲路讀書會
紙本書平台：www. book4u.com.tw ● 華文網網路書店
電子書下載：www.book4u.com.tw ● 電子書中心（Acrobat Reader）

本書採減碳印製流程並使用優質中性紙（Acid & Alkali Free）通過綠色印刷認證，最符環保要求。

華文自資出版平台
www.book4u.com.tw
elsa@mail.book4u.com.tw
panat0115@book4u.com.tw

全球最大的華文圖書自費出版中心
專業客製化自資出版．發行通路全國最強！